克己《こっき》

河崎 浩
KAWASAKI HIROSHI

幻冬舎MC

克己

主人公：源高明（大宰府権帥）正二位の上・元左大臣・公卿。醍醐天皇の第十皇子
副主人公：源忠賢（高明の長男／嫡男、検非違使大尉／判官から佐に昇進するはずだった）
藤原千晴（軍事貴族・忠賢の上司であり武辺の師、検非違使別当）
蝮（マムシ）村主三太夫。備前の土着農民上がりの武士で鍛冶
百足（むかで）蝮の娘（本名はトヨ）
大蔵種材《おおくらのたねき》（九州の地侍で、大宰府の実質的Ｎｏ２だったが、後日隆家の郎党となり昇進後。
大宰府に再度下向する）
とみ（種材の女房）
橘敏道（先の大宰府権帥の五男、大宰府の実質的Ｎｏ３）
藤原実資
藤原隆家

目次

プロローグ …… 5
刀工とは …… 21
始まり …… 31
半年が経つ …… 39
秋。政策 …… 47
機構改革。一年が過ぎていた …… 73
二年目の春、初めての夷狄との戦 …… 83
嫡男の死、嫡孫との邂逅《かいこう》 …… 99
着任三年目 …… 113
帰還、政局 …… 121
葛野にて …… 129
枠の中の戦争 …… 137

プロローグ

中国地方にある、その荘園は、都の藤原北家の嫡流、藤原実頼（ふじわらさねより）の荘園の一つであった。

この地に住む〝マムシ〟と呼ばれている、帯剣が許された荘園内の治安維持を司っていた腕の立つ下級役人（武士）がいた。彼は、着剣が許される程度に、その荘園に於ける実力者（剛者）でもあったが、一方で、刀剣の製作の長でもあった。

彼の娘は、此の荘園が面した海のそばを流れる川から砂鉄を採る事が出来る知見を、一通りの常識と共に幼き時分から父親より伝授されていた。

父としては、この一人娘が〝男〟であれば、と思えるほど、彼女は、父の知見を物心が付き始めると直ぐに、まるで海綿《スポンジ》の様に吸収して行った。

娘が優秀故に、そして彼も彼の女房も、荘園内で重宝されていたので、多忙を極めていた。

彼女は、この夫婦にとっての、一人娘であった。
源高明と忠賢親子は、所謂、安和の変と呼ばれた、都における実頼の弟、藤原師尹（ふじわらのもろただ）との権力闘争に存外、巻き込まれた結果、高明自身が、出家し、其の儘、都に残る事も許されず、大宰府に※流され此処、当地の荘園の持ち主であり、自身の義父でもある、藤原実頼の郎党で此の荘園の管理者でもある、藤原某の許に、マムシの案内で挨拶に出向く所であった。

高明は、師尹（もろただ）の長兄でもある藤原実頼や師尹の指導者でもあり、実頼のすぐ下の弟であった師輔が、現役で村上帝を輔弼していた時代を知る故に、彼よりも若年の（経験の浅い）師尹に疎まれ、嫡男を預ける程度に信頼していた、実頼の命でなければ、この下向は、容易く受容は、しなかったであろう。
彼は
「此れが、政局《まつりごと》と云ふモノか…」
※左遷による下向途中

と呟き、実頼の派遣《よこ》した、検非違使《けびいし》に逍遥と従い、差し回しの檻車《かんしゃ》（とは言え実態は、官位に相応しい唐車）に乗ったそうである。

都から大宰府迄は、馬を使っても、七日の行程であった。

ましてや馬関の海峡を渡るに際して、藤原実頼の添え状を、この藤原何某に渡し、仲介の労を依頼しなければならなかった。

その際、忠賢の元上司であり、やはり、藤原実頼の命により、隠岐へ流罪となった、藤原千晴（ふじわらちはる）の件も、忠賢は、よくよく実頼から〝因果〟を含められていた。

要は、父と共に出家する事などは、言語道断、寧《むし》ろ千晴と、然るべき処まで同道し、監視する事が、求められた。

しかし藤原千晴と言えば、忠賢の師匠筋にも当たり、また平将門の乱では名を馳せた、元鎮守府将軍の嫡男でもあり、貴族とは雖《いえど》も伊勢の固関使《こげんし》迄務め上げた程の〝勇の者〟であり、武門の棟梁の様な者でもあった。

徒や疎かに扱えば、荘園警護程度の兵ならば〝束になって〟も、皆、返り討ちに遭う事は、必定な程度の腕は、持ち合わせており、その様な事態を怖れ、実頼は、高明、そして都では、最も若かった検非違使の判官《じょう》でもあった、忠賢に依頼したのだった。

藤原実頼は、忠賢が、高明が歳を得てからの初の嫡子だった。

故に、嫡子の言葉には、高明が盲目的に従う事も、ある程度、計算していたのかも、知れなかった。

諸々の思惑もあり、藤原実頼は、高明の嫡男の忠賢に、親子で自身の西の果てにある─其処が太宰府と山陰道との分岐所でもあった─荘園迄、藤原千晴との同道を依頼したのであって、忠賢自身には都に戻る選択肢も残していた。

此処から隠岐の島迄は、千晴の息が〝掛かっていない腕の立つ〟若い検非違使を師尹は〝選出〟し、彼等と共に、実頼麾下の荘園にて飼う、マムシ以下、実頼子飼いの手練れの武辺の者達と共に、隠岐迄の行程を委ねる算段が、実頼の弟で在り、高明を陥れた、藤原師尹の策略であった。

マムシの腕前に関しての噂は、都の実頼経由で師尹も知っていた。

「マムシよ」

官位の上では、源高明の方が、この荘園の司より〝遥かに〟高かった。

故に藤原某は、上座に当然の如く鎮座する高明から見て右側、息子の忠賢の下座に座り、更に、出入り口近くの下座に控えていたマムシに声を掛けた。

「其の方に、これ為《な》る先の左大臣、この度、大宰府の権帥に任官される源高明様が、お連れになった、藤原千晴卿を隠岐の島まで護送する任を依頼したいのじゃ」

「はっ」

マムシは、首を垂れて上司の言葉を恭しく拝聴したが、心の中で
『冗談じゃない。この御仁は、何時も、使える人間を使い倒し、使えない人間を放置して居《お》る。儂等は、こんな使えない人間達を食わす為に、身を粉にして居る訳ではない』と常々思っていた。

「ではお殿様、実頼卿にご依頼されていた、お腰のモノ（太刀）や、今年の年貢の取り立てに関しての〝責〟に関し、儂は、任を離れても構わぬ。と考えて宜しいのですね？」

決定打であった。荘園を預かる藤原某は、二の句が出なかった。上座に控えていた忠賢は、此の者は〝馬鹿では無い〟と感じた。

「如何した？」

父の言葉は、おっとりとしていたが、十男故、臣籍降下しているとは言え、先々代（醍醐帝）の息子、故に最上位、一時《いっとき》は、正二位・左大臣に迄、上り詰めていた貴族らしく振舞ってはいた。

しかし、答え様《よう》に依っては、〝只では済まさぬ〟と云う、帝《みかど》の息子。源家独特の迫力が、その言葉には在った。

高明は、以降、武家の棟梁として知られる、清和源氏とは異なる系統の、延喜御後と称される源氏の創始者ではあったが、彼自身、雅《みやび》の出なれど、武辺に長けた剛の者として、都で（当時）は、一目置かれていた。

「はっ」

荘園を預かる司である地頭は、高明の迫力のある問い掛けに、二の句が出ず、首を垂れるのみであった。

忠賢は、少し救いの手を差し伸べてやるか、とばかりに、若い好奇心を発揮した。

「其の方、其の腰のモノはなんじゃ」

マムシは、腰に吊るした三尺は無い小太刀を、腰帯から外し恭しく掲げて、忠賢の前に伺候《しこう》した。

彼は、造りは〝大した事は無い〟その小太刀を、鞘から抜いてみようとした。

その瞬間、右手に持つ、安っぽく見えた柄《つか》は、手に馴染み、真鍮製らしき、鎺《はばき》は単純な造りであったが、しっかりと刀身を鞘に固定し、実用本位の鍔もしっかりと咥えていた。腕に覚えのない者から見れば、只の造りか〝粗末な〟刀にしか見えないが、触った瞬間、忠賢は、マムシと呼ばれていた男の顔を〝まじまじ〟と眺めた。

彼は『解《わか》ったか？　小僧』とでも言わぬばかりに、ニヤついていた。

この二人の様を高明も見逃さなかった。

「それを持って、近う」

そう言って、息子を呼び寄せた。

高明は懐の懐紙を咥えると、やわら、鞘から太刀を抜き、本身を眼前にまじまじと晒し、東側の庭に面した方へ向きやった。

「血を吸うて、おるな？」

マムシに向かい、高明は放った。

「はぃ（へぃ）過日、北から攻めて来た見知らぬ輩共を断ち切りました」

マムシも直答で応えたが、自身の田舎臭い発音に恐縮した。

「北から攻めて来た見知らぬ輩とは？」

「はい、山を越えて参りましたが、言葉が通じませなんだので」

マムシは、発音を気にしながらも、少し開き直った様に答えた。

「しかし丸腰の者を切ったのか？」

マムシの小太刀には、〝刃毀れ一つ〟なかった。

「トンでもございませぬ。奴等から襲って来ました。しかも鈍《なま》らな大刀で斯様に」

此処では、手振りを加えて答えた。

「鈍らな大刀とは？」

忠賢は、その様を見て、自身の興味を抑える事が出来なくなって来ていた。

「折れた実物は、か」

〝かかぁ〟と言う通常《いつも》の言い様で話しそうになった言葉を喉の奥に押し止め、

「いや愚妻が使用しております。振り下ろして来ましたので、区《まち》の部分で受けましたが、相手の大刀は、受けた場所から〝折れた〟ので、鈍らと呼んでおりまする」

マムシは俯いたまま、忠賢の食いつきそうな言葉で答えた。


今日は此処で投宿し、都からの検非違使の到着を待つ事が、予め決まっていた。

師の藤原千晴を含め囲炉裏端には、この荘園の管理者ではなく、マムシが呼ばれていた。

台盤所（台所）から膳が運ばれてきたが、その女中の一人がマムシの妻であった。

彼女は予め夫に言い含められていたらしく、北から来た異邦人の所有していた大刀を夫が、加工した包丁を持参して来た。

此処は、高貴な三人の武辺の者にとって、格好の実験場と化した、出された夕食には、都で普段食する夕食《ゆうげ》に比べかなり豪華であり、瀬戸内の新鮮な魚が、まんま焼き魚の状態で饗されていたので、早速これを使って切れ味等《など》の吟味が始まった。

「師よ、如何お認めになられる」

上座の高明の右に座していた忠賢は、左の下座に座る、千晴に問うた。

藤原千晴は、まじまじと、女房が差し出した、刃物を眺め、やわら半身を切ってみた。

魚の半身は、刀身を押しても引いても、押し潰される様に切れた。

この様を見てマムシは腰に差していた、同じ材料で作った、女房が差し出した、刃物（包丁）に比べ、半身程の小刀である山刀を千晴に差し出し、千晴は、鞘からその刀身を出し、同じように反対側を切ってみた。これは、同じ刃物とは思えぬ切れ味を見せていた。

「如何に工夫をしたのじゃ？」

千晴は、尤もな問いでマムシに質した。

「はい。此方は、奴等の持つ大刀の根元の方でして、鍛え直しました」

「鍛え直すとな、如何にして？」

千晴だけでなく、高明や忠賢から、同時に同じ言葉で、問われた。

「ヘイ、百足（むかで）…いや我が娘のトヨが、用意した炭でこれを焼き直し、異物（不純物）を取り出します」

「異物（不純物）とな？　何じゃそれは？」

「火の粉でございます、熱して叩けば火の粉が出ますが、その内出なくなります」

「その火の粉をして〝異物〟と云うのか？」

忠賢は質した。

「左様で」

マムシの答えは、あっさりとしたものであった。

「鍛えた後、研ぎましたらば、元から比べ、斯様に小さき刃物になって仕舞いました」

首を垂れつつマムシは答えた。

「女房には其のまま、拵《こしら》えを付けて渡したのじゃな？」

千晴の問いは、この後がある様に聞こえた。

「へい」

首を垂れて答えたマムシに、千晴は続けた。

「何故、女房の包丁も同じ切れ味にせなんだのじゃ」

「へい、それは女房の普段遣いで、斯様に小さき刃物では、差し障りがあると思いましたので、研いで渡しました」

「差し障りとは？」

「へい、包丁は、魚や菜、時に肉を捌いたりする事もございますので、刃先が斯様に短いと面倒かと、切れ味が悪くなる度に、研げば、済むだけ、ですし」

最後は、口ごもる様に、マムシは答えた。

「これ、台盤所に控えておるじゃろう。此奴の女房を呼んで参れ！」

高明は、控えの者に詳しく指図した。

「其処許の亭主が申すには、刃先が長い物の方が、切れ味依りも使い勝手が良いと言う。如何に？」

千晴の問いは何時もストレートであった。

「はい、多分魚を卸すのを見て左様に申し上げたのだと思いますが、実際の処、切れ味が良い方が楽でございます。皮を削ぐ際等は、剝ぎ取る事も〝まま〟御座いますので、余り気になりませぬが、切り分ける時など特に、事前に研ぎ直さねばならぬ故」

妻は、俯き加減で、庭に面した下段の廊下から申し立てた。

「左様か、其様に、其の方の台所を預かる者が申して居る。対処できるか？」

今度は高明が質した。

「はっ、明日にでも」

今回、マムシは自信あり気に答えた。

「真か！」

忠賢が驚きを持って質した。

「もし、差し障りが御座いませせなんだら、汚く、むさ苦しい所ではございますが、作業を見て頂ける中で、仕上げてご覧見せまする」

マムシの言葉には、力が籠っていた。

「真じゃな！」

千晴が質した。

「実に」

マムシの答えは、そっけなくも自信に溢れていた。実際マムシは、嫁に、この刃物に関して、文句を垂《た》れられていた。

刀工とは

故に、実の事を云えば、マムシは、時間に余裕がある時を見計らって、女房の包丁も直す気でいた。従って、材料や燃料も全て、娘の百足に手配させていて、その物（材料）が、昨日中に、万端整っていた。

明日、自身の腕を荘園の司以下、彼等の前で披露出来る。という事は、自動的に隠岐へ同行する事を回避出来る算段（言い訳）でもあった。

『願ったりかなったりとはこの事じゃ』マムシは腹の中で、こう呟いていた。

マムシ殊、村主三太夫の作業場は、海から三里程離れた、山の麓の高台に面していた。横には湧水が湧いており、裏の山には、娘の百足の炭焼き小屋があった。百足は父の命により、近くの川から砂鉄を二握《ふたにぎ》り程、集めて来ていた。又、炭小屋からは、三束の椚《くぬぎ》や樫《かし》等硬度の高い木材から作った炭を下ろして来ていた。美しい顔に似合わず、この娘は力自慢でもあった。

父は父で娘の砂鉄を既に僅かながら、一握りの小さい鑪《たたら》（玉鋼）の小板に加工し終えていた。

朝（夜明け）から彼女は、精力的に父を手伝い、炉の木炭には、既に煌々と火が移っていて、作業場内は、既に〝夏の暑さ〟になっていた。母から預かった包丁からは、既に柄の部分が外され、炉にくべられていた。

百足が、鞴《ふいご》を漕ぐ度に炉からは、碧い炎が吹き上げていた。司や、貴族達の前では見せない様な、焦げた跡だらけの作務衣（小袖と小袴）を着た、マムシは、作業場の前で一行の到着を待っていた。彼等が昨日と同じ様な衣装で現れた場合の事を考慮し、彼の横の台には作業場に相応しい、洗い晒しの直垂《ひたたれ》と小袴と冠が用意されていた。

昨晩の直衣《のうし》姿で作業場に入る事は、其の高価な直衣や烏帽子が、穴だらけになる事は、必定であった。

マムシも百足も、作業場では、萎烏帽子《なええぼし》ではなく、髷を落とし、頭に濡れた晒を巻いて髪を束ねて治めておくのが決まりであった。

また、作業場の入り口には、太刀を預ける簡易的な棚も用意されていた。三尺に近い腰のモノを下げて、作業場内を〝うろちょろ〟されるのは、迷惑且つ危険であった。

三名の高貴な武辺者の後ろに荘園の司が、然も所在無さ気に突っ立っていた。如何に洗い晒しとは云え、斯様な汚い身形に着替えさせられる事は聞いていなかったし、心外でもあった。彼にとっては、この様な着衣は、元々彼が身にしていた様な服であり、やっと、この様な身形から、今様の絹の直衣姿に脱出出来た事が彼の誇りでもあった。しかし武辺の三名にとっては、その様な些末な事は、どうでも良かった。

自身が身に装《す》る〝太刀〟は、斯様にして生み出されている事を知識（経験則）として、身につける事は、彼等の好奇心を満たしていた。湧水から、かけ流しで小屋に溜まる水桶に、赤く熱し、火花を散らしていた包丁が浸かる度に湧き上がる〝湯気〟が、室内を程よく潤し、彼等の額の汗は、借りている冠に、瞬く間に吸い込まれていったが、百足とマムシの被る晒《さらし》は、もっと効率よく、彼等の汗を吸い取っていた。百足の胸元の汗が、彼女の乳房の根本に吸い込まれる様は、都の、自身の身の回りに居た、高貴な衣を纏う女共とは、別の、若い忠賢には、気の毒な〝様《さま》〟でもあった。朝から昼時まで延々と続く単調な作業ではあったが、この様は、彼等を離さなかった。

しかし、百足とマムシの体力は、そろそろ限界に達しつつあった。

その頃合いを見計らって、湧水を引き込んだ井戸でよく冷やした〝瓜〟と、その湧水で、よく冷やした白湯を甕に入れて持って来た女房が『そろそろ一息《ひといき》付けなされ』と言って、皆に声を掛けた。

各々が小屋を出た時、横にあった太陽は彼等の天頂から熱い日差しを容赦なく浴びせかけていた。

百足は、そのまま上半身を開け《はだ》湧水が湧く泉に向かい、頭の手拭い（晒）を解き、湧水を絞って体の汗を拭っていた彼女の、若い女性独特の背中は、神々しく、若い忠賢には映っていた。

マムシは、高明と千晴の、上等な設えが施されていた太刀を見遣った。

その様を見て千晴は

「構わぬ」

と彼に許諾を出した。マムシは恐る恐る、千晴の太刀を鞘から抜いて、お天道様に翳して診《み》た。

「如何思う?」

千晴の質問は、何時にも況して〝直裁(ストレート)〟であった。マムシは、その問いには答えず、千晴の太刀を鞘に納め、自身の腰反りがやや強めの小太刀を持って越させ、百足の横(湧水地の崖)に生えている、太い孟宗を切って見せた。

千晴もそれに見習い、マムシが鞘に納めて立て掛けて置いた、自らの太刀を手に取り、その横の同じ太さの孟宗を切り、互いの竹の切れ口と、太刀の切っ先や刃先をまじまじと吟味していた。この様は、付き添いで来ていた荘園の司を威嚇するのには、十分な迫力があった。

高明は、自らの太刀でやや小振りの孟宗を切り、それを槍の様にして地面に突き立てた。

「忠賢、これを突いて見せよ」

百足が自らの汗を拭う為に肌けていた上半身に〝気を取られ〟ていた忠賢は、我を取り戻し、父の命に従って見せた。

竹筒に、切っ先が少し刺さったが、竹は、見事に地面から跳ね返り、百足の後方の方へ飛び、気配を感じた、百足は、上着を羽織りながら〝素早く〟振り返った。跳ね返った孟宗は、彼女の足元に転がっていた。

同じ事を千晴は、自身が切り落とした孟宗を使って、して見せたが、ものの見事に、切っ先が刺さった箇所から真っ二つに孟宗竹は割れた。

「忠賢、未だ未だ、鍛錬が足りぬ」

師は一言放って、太刀を鞘に納めた。しかし、しょげる忠賢の元に、マムシが近寄り
「若君、もし宜しければ、これをお使い為さりませ」

と囁き、自身の小太刀を手渡し、先程切った孟宗を地面に突き立てた。高明は、許諾の相槌を打ったので、彼は迷わず、同じ事を繰り返した。そして孟宗は、見事に、真っ二つに割けた。

「高明様、千晴様、御所望になっていた事とは、この事では、御座いませぬか?」

マムシは、見透かした様に首を垂れつつ、二名の武辺の貴族に問うた。

「実に《げ》」

高明、千晴は、頷き質した
「やはり其の方も、斯様に、思うか?」

「実に。多分皆様の設《しつら》えは、大和のモノと推察いたします。しかし個人的に思うのは、大和のものより此処、備前の方が、良質の鉄と炭が出ると思います。後は、設える職人の腕、其れと使うお方の鍛錬次第でございます」

マムシの声には、悪意は無く。しかし、少し笑って居る様にも思えた。

彼は、自身の実力を解って貰える人物が、目の前に居る事が、嬉しかった。

「三太夫」

マムシは久々に実名を呼ばれた。

「其の方に、設えを依頼するとして如何程所望じゃ」

千晴は、隠岐へ流される身乍ら、マムシの持つ小太刀と同じ、太刀を所望した。

「然様でございますね。私が手を掛けて、一からとなると、最低半年か一年は、少なくともお時間を頂きとう御座いまする」

マムシは、それでも、失敗する可能性は、予期していた。良質の玉鋼が、入手出来なければ、同じ刀を作る事は、不可能であった。

しかし高明は、千晴を怒らせるかもしれないし、藤原北家の藤原実頼を激怒させるかも知れない、もっと別の事を考えていた。荘園の司で実頼の郎党である地頭で司である藤原某に向かいこう言い放った。

「是奴等を儂にくれぬか?」

此れは依頼というより、力関係や地位を考えると〝命令〟に近かった。

結局、都で選別(に時間が掛かった)された若い数名の検非違使の到着を待って、藤原千晴は、隠岐へと向かい、実質的な警護役として藤原某は、マムシ以外の自身の郎党をその警護に付けざるを得なかった。しかし、それはマムシを同道させるより、遥かに費用が掛かる事でもあった。

始まり

高明親子は、藤原北家の荘園を後にして、七日後、赴任地の大宰府に到着した。勿論一行の中に、マムシ親子がいた事は言うまでもなかった。

道中、彼等は、マムシに対し、彼が受けた、敵の武器に関する見解を多角的に質した。

結果、敵の持つ大太刀は、鍛えたモノでは無く、鋳込んだ金属に刃を付けた物に過ぎず、その用途としては、自重の重さにより相手を叩きのめし一撃を喰らわせる為の物であり、切ったり、突き刺したりという攻撃、特に、敵のほぼ鞣革《なめしがわ》で出来た防具では、当世の彼等の持つ切っ先が鋭く、柔軟且つ強度の高い武器（刃）の前では〝敵〟ではなく、急所となる部分には、隙間なく鉄（鎖）を織り込んである、今様の兜や大鎧には、敵の武器では、〝余り〟歯が、立たないのでは？　と云う判断を高明父子は得ていた。

百足は、その道すがらの、全ての川や海岸での砂鉄収集や、（植生）木材の材質吟味に、余念がなく、高明親子や、実父との会話に口を挟む事は無かった。

着到後、大宰府近辺の散策に百足は、早速向かい、木炭に適した木の生えている森林や、清水や、泉の有無、川の水質の調査を始めた。

彼女の護衛という名目で、高明の郎党数名と、其の総大将として嫡子の忠賢が、父、権帥の下命で付いたが、これは父の気配りでもあり、彼にとっては、今風に言えば、ピクニックの様な日々が数日続いた。

「しかし、この女は〝疲れ〟と言う言葉を知らぬのか」

が、高明の百足に対する、第一印象であった。故に、彼女に付き添えるのは、我が嫡男以外に、思い浮かばなかった、と言うのも事実であった。

その間、大宰府の郎党や、高明の郎党が、総がかりでマムシの為の作業場と炉の選定、それに伴う建設が開始されていた。最適地として選ばれたのが、古からの城壁が残る、大城山の麓にある、水が湧き出ている場所であった。

此の作業場で陣頭指揮を執ったのがこの地の地侍筆頭である、若き大蔵種材であった。彼は、元々が百姓であった事もあり、土地をどのように生かすかという見識を持ち合わせていたが、地侍と呼べる程度に、武威に関しても、後々、眼力ある高明が認める程度の、能力があった。

故に、彼は、噂に聞くマムシの持つ小太刀の凄さや、戦闘力に関しては、一目を置いていた。

と云うより彼は、本来の大宰府が司る、仕事。要は、宋や琉球との交易に関して興味が湧かなかった。

依って、此の下命は〝勿怪の幸い〟でもあった。

古の半島（朝鮮）に於ける、大和の地場を失って以来、父子代々が聞かされて来た、半島や、唐土《もろこし》からの襲撃に対処する事だけが、彼の興味の源泉であり、夷狄と刃を交えた経験のある、マムシの元で共に働く事は、彼にとって千載一遇の機会でもあった。

隙が無く、無駄のない、マムシの指図は、種材をして、直ぐに、彼を頭に据えた、高明の〝眼力〟に平伏するしかなかったし、高明父子の、都から下って来た貴族とは思えない、上下の隔てが無い、実力を見極めた上での、地侍を始めとする、地元の民百姓への接し方は、指導者とは、〝どの様に〟在るべきかを種材以下、周囲に自覚、覚醒させて行った。

前年に高麗からの節度使が対馬に来訪し、対馬経由で大陸や半島の情勢は、大宰府の内部では把握されていた。

又、昨今、九州一帯の各地に出没している、海乱鬼（かいらぎ）、八幡（ばはん）と呼ばれる大陸や半島由来の海賊の侵略行為は、大宰府近辺だけではなく、九州一帯の領主にとっては、倭寇以上に、頭痛の種であった。

しかし都から下って来た高明は、大宰府に着任して、その事情を聴き、驚愕せざるを得なかった。

『このような重大な情報が、都には、一切届いていなかった』

それは、都の海外情報の一切が、高麗と新羅により滅亡させられた、百済系の帰化人が、平安京に遷都後も〝未だ〟牛耳っていた事が原因であった。

しかし実情を着任後、直ぐに〝ほゞ〟把握した高明は、備えの重要性に関して、素早く行動を起こした。

お金のかかる〝設え〟や〝防御線（土塁）〟の構築に、直ぐに取り掛かる事は〝愚の骨頂〟で在り、今は、九州各地の百姓や地侍、大宰府の舎人と言う、マンパワーの強化と、関係性の構築・強化が、最も手早く、安上がりに、今、直ぐ、出来る効果的な〝防御手段〟であった。

故に、彼等父子は、都からの貴人や、天皇の息子（孫）という〝体〟を着任早々、一切かなぐり捨てたのだった。

彼は、当時、日本で唯一と言って良い、外に開かれた玄関口と言う大宰府の地の利を活かし、対外情報の収集、集積、分類、解析に努め、今で言う〝インテリジェンス〟関係を扱う役所の部門の強化にも勤しんだ。

当然、その結果は、自身の元に集約され、高明の解釈の下、大宰府に集う、役人や舎人等、実力部隊・関係者達に、公平に、結果を酒席や宴席を通じて説明し、認識させていった。

故に、彼は、関係各位、特に百姓や、舎人・地侍等との会食や宴、祭りの場に〝頻繁に顔を出す〟事となった。

彼は、妻帯していたが、彼の後妻は、当時九条右大臣と呼ばれた藤原師輔（ふじわらもろすけ）の娘であり、都の〝雅《みやび》な〟貴女でも在ったので、この様な事柄に、斯様な女を饗応役として供する事は、相応しくはない、という冷徹な判断の下、彼は妻（忠賢の母ではない）や、その子達は、都に置かれ（呼び寄せる事をせず）、地元の女と、嫡子を傍に侍らすようになった。

その様な実情もあってか、地元で台頭しつつある荘官や田堵《たと》と呼ばれた、都の貴族の所領（荘園）を預かる、農民や、官位が低い者・地元出身の有力下級貴・豪族や農漁民は、高明の普段の行動を見て、彼の着任から、そう、間を置かずこぞって、自身の娘や親族を高明の寝所や住居に遣わす様になって行った。

半年が経つ

当時は、現代と異なり、男女で役割がハッキリと異なっていた。

それ位、普通の女にとって、家事は、重労働であり、その殆どを課せられていた。

従って夜伽と詩歌音曲のみに明け暮れている〝都育ち〟の雅な女に、気を配らせ、此処で高明の期待する務めを果たす（期待する）事は、現実問題として、無理であった。

高明は、夜這いの夜、食事時、入浴時、誰とはなく、会話を交わす。地元で徴用又は、地元有力者が、遣わした女からの情報には、何ら偏見も自身の経験を基にした見解も持たず、それは生の、活きた地元情報で『在る』と認識して、これを参考にして判断を下し、官位や地位に拘わらず、彼が吟味した人材を適材適所に配置し始めた。

又、警護所と云う、実態として当初は、小屋レベルではあったが、地侍等が、集積できる防衛施設を設け、結果として余剰となった人員にも、それなりの役職を与えた。この警護所の長官は、大宰府で従六位下の監（じょう）クラス。彼等から見れば〝高位〟の、都育ちの貴族が、当初は司として当たる事で、此処に配置される事を余剰人員の整理と勘繰る、選別された（下種《げす》な考えを未だ抱く）人間の不満を抑えた。

彼が着任以降、文官武官、身分・門地・官位を問わず、大宰府で禄を食む人間は。武芸が必須となり、当初は、都育ちの高位の文官も、官位ではなく、能力により、否応無しに機械的、且つ、公平公正に選別されて行った。

彼等の中から、指揮官と実動部隊の振るい分けも、身分・門地・官位の別なく公正公平で実力本位の適材適所な形で配されて行った。高明着任後、半年で、この体制は確立し、軌道に乗って行った。

当時大陸で支配の度を高めて行った〝宋〟から得る工芸品や絹や銭などの物品以外に、周辺の情勢分析は、大宰府の文官にとって、主たる仕事であったが、それ以外に半島の情勢、特に高麗と新羅の関係、其の北方の契丹や女真族の動向を探り、得た文書を読み熟し、分析する事も、この頃から始められていた。ただ、その情報ソースは、全て受動的、即ち他国から齎《もたら》される情報であり、自らが動き得た能動的な情報ではないのが、現状の悩みであった。

要は、報告内容が、情報を齎《もたら》す場所の主観に偏りがちで、客観性が担保されていない事が、問題点であると、高明は、既に認識していた。

マムシや大蔵種材は、彼等の使用する武具や武器の解析の任にも、刀を製作する作業場建設と同時並行で当たっていた。娘の百足は、火力が出る炭の製作に勤しんでいた。

彼女は、母や、他の女性の様な、朝早く起き、火起こしから始まり、飯の準備、水汲みから洗濯。それで半日が終わる様な変化の無い、〝卒の無さ〟と安定していて変わらぬ『働き』、だけが求められる生活をする事は、耐えられなかった。材質や、燻蒸の差異で変わる〝炭〟の火力、その経験から得られる、日々新たな発見と、それ以上の失敗を繰り返し、頭を使い、工夫の結果が出るような作業が、彼女の好みであった。

故に、父からの仕事の依頼は、彼女の性に合っていた。

父、マムシも、この娘の特性を理解していた。

しかし、彼女も、自身のその様な作業に『文句も言わず』付き合う、都からの貴公子、源忠賢の存在が〝普通の女〟の様に、気になりだしていた。

故に、彼女は、彼の前で、無闇に上半身を開けたりすることを憚る様になっていた。

しかし、その様が、益々、忠賢の〝普通の若い男〟の持つ〝好奇心〟をそそっていた。

彼等の健全な様子を、周囲は、面白おかしく、しかし温かい目で見守っていた。

ある日、百足が、炭焼き小屋に向かう道すがら、野犬に襲われそうになった。忠賢は、咄嗟に彼女の前に立ち、狩衣の広がった左の袖を囮に犬を避け、抜いた太刀で、一刀の下、此の野犬を成敗した。その様は、炭の原料である、木材の束を持つ必要のない貴公子『故』とも言えたが、周囲をして、忠賢が、父と共に都から、下って来た、単なる〝雅な貴公子〟では〝無い〟と云う認識を百足は元より、大宰府の地侍や郎党、舎人共全てに、認識させ、固めさせた。

若干、彼の太刀は、刃毀れを生じたので、マムシの元へ太刀を持ち、修理を依頼したが、マムシも娘が、この男に少なからず好意がある事を見逃さなかった。故に、彼は、自身の小太刀を、忠賢に修理を終えるまでの代用品として貸し与えた。

又、此の経緯を聞かされた高明は、ほくそ笑みながら、頷いたそうである。

マムシの小太刀を、マムシ以外の若い貴公子が持つ事、身分が違う故、仕方がない事だが、種材にとっては面白くない事態であった。このむしゃくしゃした気分を、警護所に設えてある弓庭《ゆば》で晴らしていたので、矢の行方は、何時もの彼のモノとは、異なっていた。その様な〝的〟から飛び出した、矢が、傍を通りかかっていた忠賢を襲った。

然し、忠賢は、平然と借りていた小太刀で、その矢を〝切り裂き〟難を得る事は無かった。そして言い放った。

「如何した！　種材。危ないではないか？」

種材は、立場上、年下の若君に、伺候して許しを得るしかなかったが、思わず心の声を発してしまった。

「申し訳ございませぬ。しかし、流石でございます。忠賢様」

これは一種の挑発であった。が、彼は、その様には受け止めなかった。

「左様か？　どれ貸して見せよ」

と言うと、種材の弓を取り上げ、彼の後ろに番《つが》えてある矢を吟味もせず〝行き成り〟取って、的を射て見せた。その矢は、見事の芯を射ていた。

一瞬の静寂の後、警護所に集う、地侍や、郎党、舎人共は〝やんや〟の喝采を！この若い貴公子、自身達の上司であり、大宰府権帥の嫡子に送った。

それをして種材を益々滅入らせたが、彼の後を追い、物陰からこの様を隠れて見ていた百足は、熱いモノが、込み上げていた。

東シナ海に面した玄海の浜は、未だ穏やかであった。

秋。政策

着任後十月が経ち、大宰府では高明以下、従六位下以上。今風に言えば、三等官以上の地位であった、監（じょう）から上の幹部部下が、半島から帰ってきた対馬の国主長峰某から、対外情勢の講義を受けていた。

長峰曰く

「彼の地に正統は無く、力の強弱が全てでございます」

と言う行《くだり》から始まる。奏上文が、高明を代表とする、日本政権（大宰府の主だった連中）に対して読み上げられて、この講義は、始まった。この人物は、日本に帰依（帰化）しているとは言っても、元々百済からの渡来系であった事は、予め高明の記憶に在ったので、彼の講義を真に受けて、驚く様な事は、無かった。

しかし、一点、北方の渤海を滅ぼした契丹人による〝遼〟という国が、高麗に逡巡していると言う行《くだり》は留意した。

当地に赴任後、日頃から傍《かたわら》に侍《はべ》らせている女共の、夜言や讒言《ざんげん》のうち、彼は、元々、松浦党を始めとする〝倭寇〟とか、藤原純友が瀬戸内で〝海賊〟と呼ばれていた、漁民の末裔の妻や娘、館に侍るそれらの童も、その中には少なからずおり、彼女等からの言葉（事実）は、記憶に留めていた。

未だ彼にとって、藤原純友や平将門の執った行動や言動、その理屈は、真新しい概念であった。

従って、大宰府を預かる者として、海上交易を独占乃至《ないし》は、阻害する要因に関して、留意を払っていたし、彼ら、北方の夷狄の倫理規範や行動基準が、純友や将門のそれと変わらぬ〝権威ではなく実力〟が支配の源と言う事に、留意を払っていた。

彼等が、何時、返す刀で、こちらに向かって来ないか、その備えだけは、自らが当地を治める時間に於いては、疎かにすべきでは、ない。と考える人間。

左遷されて（流されて）着任した役所、しかし、それは、それで、正統の後継者に足る自身が、徒や疎かにすべきではなく、与えられた職責の範囲で最善を尽くす。それが、権威の末裔を自認する、源高明の本性でもあった。

しかし、一方で、自身の限界も冷静に判断し、ここに居る部下の能力を正確に厳密に、判断し、使い切る事で、自らの至らぬ点を補う。その様な自身の能力の限界に対する冷徹さも、持ち合わせていた。

故に、今、都を支配している〝情〟に溢れ、如何にして権威に縋《すが》り、権力闘争に明け暮れている輩が造る文化には、今一歩、得も言われぬ違和感を持ってもいた。

彼（忠賢）の太刀の修繕が終わった、という知らせが、百足を介して齎されたのでマムシの作業場の許へ、急いでいた。其処には既に、十二分の木炭が、雨に濡れず、地面からの湿気の影響も受けない形で保管されていた。

そろそろ、百足の山歩きの作業（炭焼き）は、本格的な夏前に終わりを迎えていた。しかし、マムシは隠岐へ流されていた藤原千晴からの太刀製作の依頼に、既に取り掛かっていた。

彼は、元の主である藤原実頼の太刀よりも、こちらの出来に注力していた。故に彼は、娘に山から良質の砂鉄をもう少し集めてくるように命令をしていた。

この作業には、炭の原料となる木材を運ぶ為の郎党を引き連れていく必要はなく、砂鉄の選別を任せられる確かな目を持つ人物。即ち我が娘だけ、が、いれば良い作業であった。川から砂鉄の選別収集、此れは、寒い季節ではなく、夏の作業でもあった。此の作業に百足は、忠賢だけを連れて行った（誘った）。

これは、以前、野犬に彼女が襲われた際の忠賢の働きを彼女が忘れていなかった事も大きかった。故に周囲の誰もこの身分と身形《みなり》が随分と異なる男女の同行に違和感も覚えず、同道が決まった。

やはり、と云うか、作業場から左程遠くはない、御笠川と呼ばれた川の上流には、獣が多く水を飲みに来る場所があった。

其処には、川だけではなく温泉も湧いていた。故に鉱物の種類は、少なくはなく。百足は、予めその辺りでの鉄の収集に目星をつけていた。

周囲に、獣が少なくはない。これが、武威に信頼がおける忠賢を護衛として同道を依頼する本来の目的でもあった。唯、今度は、野犬とは桁違いの、大物が彼らの眼前に姿を現した。

「猪か！」

流石の忠賢も怯まずにはいられなかった。

この時期（初秋・盛夏）の猪は、親子連れが少なくはなく、彼女（母・雌猪）は、百足と忠賢の姿を見ると、自らと左程、見た目の差は変わらなくなって来た、乳飲み子（ウリ坊）とは、もう言えない子供（猪）を守る為に、暫し体制を整える時間を取ってから、猛然と突進してきた。

暫しの間が与えられたので、弓か太刀で立ち向かうのは、何れが優位かの判断をし、狩衣の袖括りを縛り、袖を絞り込む事が出来た忠賢は、弓を捨て太刀を抜き、百足を背に隠した、当に猪突猛進してきた雌猪に向かい、太刀を振り上げずに、向かって来る方向に正眼に構え、革靴を踏ん張った。太刀の切っ先は、見事に雌猪の口を貫き、太刀の反りに沿って、切っ先は脳天に達していた。烏帽子（冠）は流石に衝撃で吹き飛ばされ、腰の矢束は、壺から地面に散乱したが、柄を握る手を緩めると、彼女は水揚《もんどり》を打って倒れた。しかし、まだ息は有った。故に、脳天から抜いた太刀で、彼女の喉元に止めを刺した。

母親と変わらぬ背丈ではあったが、ウリ坊共は、喉から血飛沫を上げ絶命した母の様を見たせいか？　踵を返して大慌てで、山へ逃げ込んで行った。太刀は、脳天に、切っ先が突き刺さった際に踏ん張りの利いた体と手首でしっかり固定され、水掫を打った際に、咄嗟に太刀の持つ手（柄）を緩めたおかげで、猪の口元から頭蓋の中で、目釘も影響を得ず、太刀が、頭蓋内で回らなかった事もあり、猪の牙をもろともせずに、刃毀れも無く、刀身は、曲がりもしていなかった。

マムシは、忠賢の太刀を設えも含め全て鍛え直していた。その事も証明された。

しかし、忠賢自身は、狩衣に雌猪に止めを刺す際に、返り血を浴び、狩衣以外にも、顔面は、血塗れになっていた。また踏ん張った際に履物の紐も切れていた。その様を見て百足は、裾を縛っていた縄を解き、靴の修繕に充てようと考え、川の水を含ませた、絞った自身の腰布（前掛け）で忠賢の顔面の血糊は拭き取ったが、絹で出来た狩衣に付いた血糊は如何ともし難かった。

仕方なく、湧き出す湯で、体や衣類を洗おうとしたが、湯の温度は、とてもその様な事を許す温度ではなかったので、元々砂鉄を取ろうと設えていた、川の水が引き込まれる窪みを河原に拵えていたので、そこに予め、用意していた道具で、湯を引き込み、温《ぬる》めの湯船を設え直した。この作業自体は、たいした手間ではなかったが、作業の為、彼女は、久しぶりに忠賢の前で、小袖の上半身を少し開《はだ》けてしまった。

これが全てであった。

猪の血飛沫が所々に付いた狩衣を指示されるが儘に脱ぎ、下に着ていた単（ひとえ）の襟元の付いた血飛沫を洗い流すために、百足に単も渡し、裸に近い姿で、彼女が設えていた湯船に近づこうとしていた。しかし、自らの衣を脱がす際、上から覗いた、彼女の胸元は、忠賢の脳裏から離れる事は無かった。忠賢は、周囲に誰も居ない事もあって、白昼堂々、あられもない姿で佇む百足を襲った。腰布を外し絞って、狩衣の血飛沫を拭おうとしていたので、彼女は下着一枚に近い小袖姿。故に裾を荒々しくたくし上げられると、彼女の下半身を含め彼女自身、全てが無防備になった。しかし、百足も、その行為自体に、何ら抵抗もなく、忠賢を何故か受け入れていた。

彼は、この屠殺行為で自身が興奮していた自覚は、なかった。しかし、故に彼の所業は、凡そ都育ちの雅な貴公子のそれとはかけ離れ、猛々しいモノであった。百足は痛い事を我慢し、その行為に付き合わねばならなかったし、男とは、そう云うモノかと自身を得心させていた。しかし、木に抱き付く百足を後ろから襲う様は、当に獣のそれであり、冷静に我に返ると、顔から火が出る程の恥ずかしさが忠賢を襲った。

「すまぬ」

彼は、我に返ると、百足に謝るしか術が無かった。しかし、百足は、満足そうな表情で

「かまいませぬ」

と返し、ゆっくりと乱れた着衣（裾）を戻しつつ、足元まで、湯船に浸かり乍ら、忠賢の衣に付いた猪の血を再び腰布を使って、落とし始めた。

日はまだ彼らの真上で煌々と刺していた。百足は、自身が抱き付いていた木に、忠賢の狩衣と単を干すと、周囲の枯れ枝を集め、火を起こした。

素早く、刺殺した猪の足（腿肉）を腰にしていた小刀を拾い上げ、捌き、毛皮を剝ぎ、手早く蹄も取り、巧みに、小枝を探しそこに腿を刺して火の前にかざした。そして、木を抱いていた際に擦過していないか、帯を緩め、衣を開け、自らの乳周り眺めた。腰に巻かれていた褶《しびら》（腰巻）には、彼女自身の鮮血が付いていた。

百足が設えてくれた湯船に浸かる事を勧められ、湯船の中から、その様を眺めていたが、彼女の甲斐甲斐しく働く様が、再び忠賢を興奮させた。しかし今度は、百足の開けた衣を全て解き、下敷きにし、温かく、大きな彼の手が、優しく、彼女の首《こうべ》を支えつつ、濡れた百足の唇を吸い、乳を舐め、行為に及んだ。

先程とは、全く異なった感情が、百足には、沸いていた。

流石に夏の日差しは、忠賢だけではなく、湯で洗った百足の小袖や腰布、褶をも見事に干していた。誰一人観ている訳でもないので、炎天下、腰下が隠れる程度のモノだけを身に着け、刺殺した猪が他の獣の餌に変わらぬ様、湯を引く為に予め試掘してあった穴の一つに、骸を埋設した後、二人は、再度、暫し、そのまま湯船に浸かり、身に付いた汚れや、汗を互いに落とし合い、互いの裸体をじっくりと鑑賞する様に、湯船の中で、丁度良く焼けた肉を平らげていた。二人は、満足そうな表情を浮かべ乍ら、湯から上がり、洗濯され、陽の香りが漂う衣に着替え、何事も無かったたか、の如く家路についた。

今日の顚末を、全て包み隠さずマムシに話す必要は無かったが、猪に襲われ、修理して貰った太刀を使った事だけは、マムシに話し、太刀の具合を検分してもらった忠賢は、マムシ殊《こと》、村主三太夫が俯いたまま、何も話さぬ事が、少し、空恐ろしかった。

マムシは、太刀の目釘を抜き、柄から刀身を外し、太刀を後ろからまじまじと眺めた。そして
「問題は、ないと存じます」

と言うと新しい目釘で、太刀を元に戻し鞘に収め忠賢に戻した。

マムシには、真夏に猪に襲われて帰ってきた若い二人が、全く汗臭くない事から、何が二人にあったのか、大凡の見当は付いていたが、それを咎める気はなかった。

只、娘には新たに、忠賢が夜這いを掛け易くする為の母屋と廊下で繋がる別棟を設え、そこに新たな専用の寝所を設えねばならない、と考えていた。

今の彼女は、父と同じ母屋の下に寝所が設けられていた。

そしてこの金は、高明様に求めようと算段していた。

忠賢が大人になっていた事など知りもしない、大蔵種材は、忠賢を子ども扱いすべきか、しかし彼の武威と父（権帥）の官位を尊重し、それなりに扱うべきか悩んでいた。

そう、種材は、警護所の長を誰に任せるべきかを悩んでいた。権帥の考え方を尊重するな

らば、実力本位で各部の長を選ぶべきであったが、その実力を未だ完璧に図り兼ねていた。しかし百足を襲った野犬を断つ、そして自身が放った矢を断ち切る剣捌きや、その後の、弓の腕を鑑みると、彼・忠賢の能力は、十分下の者を導く実力で〝ある〟と見ていた。

種材は、過日の高明の訓示に呼ばれた一人、と言う事は、高明の推挙により秋の除目を経ず従六位下以下の官位に自身が任官されることが判っていた。その官位に相応しい行動とは何か？　己の学の無さを嘆いていた。

しかし彼は、忠賢が、既に京都で検非違使の判官《じょう》（従五位）に任官していた経歴までは、知らなかった。その事実を知っていれば、自身より上の役も、忠賢は対処できる事は明らかであった。

しかも、彼は、既に女の体を知る大人でもあった。

この頃になると、大陸や半島由来の侵略行為を生業とする海賊とは別の、高麗や、遼の両国の使いと称する異国の人物が頻りに大宰府近海へ近づいていた。

大宰府（朝廷）は、如何に漢語で書かれた文書が持ち込まれ様とも、正統な大陸の使者は〝宋〟と決めていたので、それ以外の使者が持ち込む文書に対する扱いは、如何に礼が尽くされた文面であっても、比較すると粗雑であった。

唯、勿論、文面内容に依っては、非礼だったり、可笑しな文体であったとしても、この様な、状況が続くことは、『余り宜しくは無い』と高明は、判断していた。

彼らの〝侵入（侵略）〟の可能性は、〝低くはない〟という判断の下、沿岸の警備を強化する必要性を真剣に感じ始めていた。また、この高麗の使者の持ち込んだ文面の内、彼の地の、近海を荒らす〝倭寇〟の取り締まり依頼だけは、早晩、看過出来ない状況になるとも、踏んでいた。

この考え方は、種材だけではなく、東シナ海（玄海の海）に面する地域の豪族を含む各位全てに、大宰府の権帥の下命という形で、共有され始めていた。この頃の倭寇は、九州北部の出身者ではなく、奄美や琉球出身者が主体であった事も、元々、甘い汁の吸い方を知っていた、元倭寇である、東シナ海（玄海の海）に面する地域の豪族を含む関係者全てにとって、面白くは無い事態であった。

この状況や、それに伴う大宰府権帥と言う立場から、自身の見解は、高麗や遼に地理的にも近い、隠岐に流されていた、藤原千晴や対馬の司である国主長峰某にも、伝えておく必要があると高明は考え、文を認めていた。

唯、これを彼等に届ける適任者の人選に悩んでいた。

海の人間となると、現時点では藤原純友由縁の人物しか思い浮かばなかった。

その様に思い悩んでいた高明の下に、種材が『ご相談したき儀が御座います』とやって来た。

「その方、船は、佳《よ》く為るのか？」

開口一番、彼が質問を発する前に、高明は、種材に質した。

「如何にも」

船は、この地に住む、下級の大宰府現地官人にとって、馬を扱うよりも簡単であった。

「ほう、して隠岐や対馬には、此処から直に往けるのか？」

「容易き事で、隠岐ならば、この時期風の具合もございますが、巧く行けば一日で、届きまする」

「左様か、岩見に行かぬでも構わぬか」

高明は、一人は、この男を使えば〝佳《よ》い〟と判断した。

「しかし如何なる御所存で？」

種材は、高明の質問の意味が分からなかった。

「構わぬ、その方が、理由《わけ》を知る必要もない」

高明の答えは、つれなかったが、故に、それ以上の質問は、控えるべき。と彼は、判断し、自身が此処へ罷り越した用件を話し始めた。

「実は、ご嫡子殿の件でございますが」

「忠賢が、何ぞしたか？」

高明は、種材の質問の意図が、図り兼ねた。

「はっ、沿岸の警護所の纏めとして」

と言い掛けた処、

「愚か者！」

と、一喝が下った。

「あの者は、既に都で、検非違使の判官（従五位）まで熟《こな》して来た者なるぞ。当地の警護所の司などの身分ではないわ」

種材は、身形からして、単に高明の嫡子故、同道してきた都の貴公子。と見做していたが、全て彼の今迄の実力が、彼からして、ほんの僅かな〝能力の一端の披露〟に過ぎなかった事を思い知らされ、故に、彼は、この権帥の前で平伏した。

親子だからでは無く、忠賢の実力が警護の任に十二分であるから、同道させたに過ぎなかったのだ。見た目や、年齢《としかさ》だけで人を判断していた自身を恥じた。

しかし、高明は、この遣り取りで『そうか、忠賢を大宰の〝正使〟として遣わせば佳い』と言う考えが思い浮かんでいた。あとは時期だけであった。

そうなると、切り替えは早かった。

「して、その方に尋ねる。時期について最も海が穏やかで、素早くこの二か所を回れるのは、何時頃じゃ」

「はっ、今と申したき所ですが、実を言えば、今は、左様に早く二か国を回る事は、適いますまい」

種材は、高明の発する質問（声）の調子が〝然程怒ってはいない〟と、一安心し、彼の問いに対する答え〝のみ〟に専心した。

「何故じゃ？」

「海が凪ぎ、海面は、適しておりますが、風がございませぬ。又、この時期、風が吹く場合は、嵐の様に猛々しい風になり、危険でございます」

「然様か、では秋ならば如何じゃ？」

「はっ、漁民にとって最適な季節でございます。然るに、航海にも適した季節とは思います。しかし故に船が手配出来るかが、問題でございましょう」

「然様か、船さえ用意出来れば、其の方は、参れるのじゃな？」

漁民では無く、自分に行けとこの御仁は言っている事が、はっきりした。種材は心の中で『しまった』と呟いたが、後の祭りであった。

しかし自分が船頭となると、正使は誰になるのか、自分では無い事は自明であったが、それがまさか忠賢に成るとは、努々《ゆめゆめ》考えも及ばなかった。

今日は、訪問者が多い一日であると高明は感じていた。これでは、ゆっくり文の文面を考える事も出来なかった。

大蔵種材に次いで、村主三太夫殊マムシが訪ねてきた。これは、隠岐の藤原千晴卿に依頼されていた太刀がそろそろ、『出来上がった』と云う報告であろう。と、算段していた。

しかしこれは全くでもないが、見当外れであった。

「権師に申し上げます」

マムシは何時も以上に遜《へりくだ》って官位ではなく役職で自身を伺候して呼んだ。

しかも身形もいつもの作業着ではなく、地位に応じた正装であった。

「村主よ、如何した」

高明も、仕方なく、いつも呼ぶ通称のマムシや三太夫ではなく、正しい名前（官位を彼は、未だ持って無かった）で、彼を呼んだ。こう云う状況や言い様では、本音は引き出せない。彼は、今日は観念した。

「はっ、実は、某の娘と忠賢様が、藤原様の太刀の材料を探しに行く途中で、獣に再度襲われた様で、再び娘は忠賢様に救われたそうです。今日は、そのお礼を正式に言上する為に罷り越しました」

「左様な事があったのか」

「はっ、ただ、それだけでは済まないようで」

「それだけで済まぬ？　何事か？」

「はっ、まぁ此処の処、昼間、娘も忠賢様と砂鉄を探しに毎日山へ向かっているだけではなく、その日以降、娘の所に夜這う貴人がございまして。多分ご子息と拝察しております」

「然様か。文の遣り取りもなくか」

高明は、笑いながら、全てを把握した。そう言えば、ここの処、息子は、自身と、夕餉を共に取らなくなっていた。全てが腑に落ちた。

「畏れ入り奉ります」

マムシも、娘が〝貴公子と文や歌の遣り取りをする様な女では無い〟事は、先刻承知だったので、こう答えるしかなかった。

「して、如何程入用じゃ？」

高明の回答は素早く、マムシの算段通りであった。

「はっ、離れの増築費用をご用立て戴ければ、十分でございます」

「離れとな？　その方の館には、離れが無い。と申すのか？」

この事実こそ、高明には、驚愕であった。

「はっ、既に大工には作らせておりますが、作業場に、頂いた資金の〝ほぼ全て〟を注ぎ込みました関係上、館には手が回らず、母屋のみの、あばら家が、限界でして。斯様な次第になったので、支払いはともかく急遽、と、言うのが実情でございます。その支払いが、その期日が、今日でございまして」

「然様か、では、算出は、終わっているのだな。判った入用な額だけ遣わす」

「して〝離れ〟の進捗は？」

「はっ、粗方終わっておりますが、未だ完成は、しておりませぬ。が、娘は、既に離れに移らせております」

「然様か結構」

マムシは、予想外の額を高明から拝領した。

高明が、百足と嫡男が〝出来る〟事は、父として、予め織り込み済みであった事が、これでハッキリした。

一方で身分違いの組み合わせを〝百足の父〟として不安視していたが、この高明の行為は、マムシを安心させた。

その後、程なくして、百足の離れには、高明より文を遣わされた都の妻（右大臣、藤原師輔の娘）が選んだ大量の調度品が送られて来る事となった。しかし、罰当たりな、百足は、それら調度品が送られてくる意図が何なのか、皆目見当がつかなかった。

煌びやかに装飾されているが故に、下手な使い方をして、傷でもつけてしまえば（多分）当地で修理は適わず、取り返しが付かない、大事になるだろう。その様な、都で使われている様な〝調度品〟や、貴人の用いる〝衣〟ばかりで、用途が理解出来ても、使い辛い、モノばかりであった。

彼女は、設えられた調度や衣服には目もくれず、夏の間は相変わらず、目星をつけた河原に行き易い身形で行き、砂鉄の採集に勤しんでいた。勿論、そこには忠賢が必ず同行していて、獣達がこの採集場の河原へ侵入を試みる事は無くなった。

百足が、ひと段落付く頃合いを見計らって、二人で裸になって温泉でお互いを楽しむのが日課になっていた。

忠賢自身、以降は帯刀し弓矢も身に着けてはいても、より動き易く、脱ぎ着が楽な、凡そ、従五位元検非違使の判官とは思えない、身形に成っていた。二人は、未だ若く、考え方が、柔軟であった。

それは二人が湯船で、乳繰り合う度に体の疲れが解きほぐされると共に、丁子の油が染みた油綿で、お互いの髪を研いだり、結ったりした後、その綿布や彼等の腰布や湯船の布巾に纏わり付く、砂鉄以外の鉱物がその都度、異なる事を認識し出してから、顕著に確信に変わって行った。『この湯は、それとも川の水は、只の水ではない』勿論、きらびやかな金の様な物は、付着してはいなかった。

忠賢は、夜這いに行く夜も単に行為をする為に伺うのではなく、砂鉄や鑪、木炭に関する見識を忠賢は、百足から時には、母屋へ揃って伺い、湯船で見つけた砂鉄以外の鉱物や彼等の故郷である備前と、当地の砂鉄の違いに関して、義父であるマムシに講義を受け、時に討議していた。

彼らは、加持祈祷や迷信を信じず、その分、自身が目にした事、経験した事、年長者や経験者に教わった技術や物事の捉え方考え方に関してのみ留意した。

それをお互いが披露し、検討を重ねる。その時間は百足だけでなく、忠賢にとっても、知的好奇心を満足させていた。

何よりも、この二人の関係や性質《たち》を父であるマムシは、快く受け入れていた。

忠賢も、都の文と詩歌の遣り取りや、漢学等の知識をひけらかし、良し悪しを判断する女や貴人達よりも、この実学の見識を深め合えるトヨ（百足）やその家族と居る方が、性に合っていた。

この頃には、もう、彼だけでなく周囲も、彼女を彼の伴侶と認識し、忠賢は実名である〝トヨ〟と百足を呼ぶ様になっていた。

神頼みをいよいよする時は〝困った時だけ〟にしよう。それが、この夫婦二人の共通認識になった。

この様な二人の様は、マムシを通し高明も把握していた。

二人が夜這いで逢っている時刻、マムシは暫し高明の館に赴き、昨夜の二人の様子などを肴に、高明と杯を交わすのが習わしとなっていった。

高明が都の妻に指示し、揃えさせた調度に関しての〝お礼と文句〟を言う際は、マムシは、自身の妻も身なりを整えさせ、同道し、彼女の口から文句を垂れさせた。

しかし、高明はそれも又、喜んだ。

「この御仁は、ただの都人（貴族）ではない」

この認識が固まると共に、マムシは本音を包み隠さず、高明に吐露するようになっていった。

彼等の知識も又、この様にして相互に精度を増し、何時しか官位は下衆の儘なれども、衆人が認める最も信頼できる権帥の部下に、マムシ殊、村主三太夫はなっていき、大宰府で位官の上下に拘わらず、彼と彼の言質を軽んじる者は、誰もいなくなっていた。

機構改革。一年が過ぎていた

当時の大宰府は、日本における唯一の貿易港、という地の利を活かしていた。要は、密貿易ではなく、法外な利潤を乗せても売れるモノは売れる。

故に売れる商品の目利きが重要な職責となっていた。

この担当者だけは、武官の兼務から外され、文官としての専門性を活かし、作業に専心する事が出来た。

故に失敗をし、選んだ（輸出入品）物が、売れ残った場合の降格措置は、厳密で、即、警備所の武官として、文官として登用された者でも、異動させられていた。

この厳しい仕置きの為、彼らは日々の研鑽を怠らぬ様に成って行った。

もし失敗をすれば、其処には、既に周囲から鬼の様に例えられていた、大蔵種材以下の武衛の兵達《つわものたち》が待っていた。彼等の鍛錬は、武門に馴染む者には、楽しい時間であったが、そうでない者にとっては、地獄にいる様な時間であり、武門の兵《つわもの》として見込みが無いと判断された兵卒（文官）は、官位や出身に拘わらず、数十年前に、藤原純友の所業（天慶の乱）により破壊された、防塁や府庁の整備に、府の下部組織の人足と共に苦力（人夫）として駆り出される事となっていた。

しかし、結果としては、武官になる文官は、おらず、この危機感故か、担当者の知見は、研ぎ澄まされ、大宰府発の交易は、信頼を得る一方であった。

結果、この時期になって、やっと資金的に〝設え〟や〝防御線（土塁）〟の構築に、都の金を当てにせずとも大宰府独自の判断で賄える、潤沢な資金が集積される様になっていた。荘園等に頼らずに済む豊富な、真っ当な交易で得られる資金は、周囲を潤し始めていて、大宰府は、周囲の人や物を呼び、活気を呈し始めていた。

一方で、種材が鍛え上げた、警護所の武者は、この地、故に起こるあらゆる悪党の所業を、悉く取り締まる、実動部隊としての真価を発揮し始めていた。同じ様に、そこに官位や出身は関係なく、実力本位で、司は、割り当てられて行き、従六位下迄の都の除目を経ず、事後承諾で与える事の出来る位官が、権帥である高明により割り振られ（時には奪われ）て行き、門地や出身に関わりなく、自動的に位官に相応しい役職が割り当てられる事が常となっていった。如何に地域の実力者、豪族、地侍の息子と云えども、この選別は、忠賢、種材、そして橘敏道と言う三人の若い武衛の下、三太夫が輔弼し、高明が認可する、広く公開された厳粛、公正、公平な舞台で、行われたので〝異〟を唱える者は、皆無に、なっていた。今や大宰府は、当時の日本では考えられない完璧な実力本位の使える役所になり、役所から俸禄を食む者全てに、一種の緊張感が漲っていた。

宋から来る、貿易船の警護は、その内、その様な中で、武威と学問（宋の言葉や慣習に関する知識）で抜擢された日本の若者が複数名で、宋まで同道するようになっていった。基本、彼らは、官位により、挂甲（けいこう）という胴巻きに薙刀姿の警護か、高位の者は、鎧兜を身に着け、太刀を挿し、弓を持っていた。

しかし、人としての中身は、皆、身分、官位を問わず、文武共に、優秀（秀才）であった。

日本の優秀な若者の姿を船上で見せる事は、倭寇などの、海賊行為をする者の気持ちを萎えさせるに十分な効果があった。この優秀な武者や公達《きんだち》が、持ち込む、宋や琉球、朝鮮北域の情勢分析は、其の儘、大宰府の知恵として保管され且つ、高明の命で、全員に回覧され、共通認識となっていた。

又、密貿易を働こうとする商人や主に高麗や北方の異民族の取り締まりは、九州の武者の経験値と実力を着実に向上させた。この仕事を司るのは、もっぱら大蔵種材であったが、翌年からはそこに忠賢が加わり、頭目として、種材や敏道らを指図するようになるのであった。

このプロセスで、回収された戦利品としての敵の武器は、マムシ殊、村主三太夫の、海から三里ほど離れた、山の麓の高台に面していた、横には湧水が湧いている、今や府の兵馬所の修理器仗所と呼称されているマムシの作業場に運び込まれ、材質や作りの吟味だけではなく、その使用法も吟味検討されるようになった。

しかしマムシは、再三の高明の依頼にも拘わらず、叙任も、任官も拒んでいた。曰く「官位に縛られ、自由な考えを持てなくなるのは大宰府（権帥）にとっても、良い事では在りますまい。この様な跳ねっ返り者を一人位飼っていても、損は在りますまい」と言って高明の依頼を悉く撥ね付けていた。

裏の山には、娘の百足の炭焼き小屋があったので、百足経由で、彼、三太夫らの動きは、包み隠さず、忠賢や高明の知る処でもあった。

高明が大宰府に着任から、はや一年を経て、大宰府の機能は、当に刷新されていた。

しかしこの事実は、都の与り知らぬことで、京都では相変わらず荘園からの収入で、貴族階級は雅さを競い合い、専横の限りを尽くし、権力闘争を繰り返していた。

しかし、日本海を隔てた大陸側では、綺麗事ではなく、実力がモノを言う群雄割拠の時代に突入していた。この現実を高明は、日々、耳や目にする情報から、ひしひしと感じていた。

高明着任の翌年の冬、着任後十三ヶ月を経ると、隠岐や対馬への定期連絡（監視管理）に関しても、大宰府は副次的に何等差し障りも無く、行える様になっていた。隠岐や対馬の地侍や、受領階級が派遣する、防人以外の百姓や漁民の中で、見込みが有る者は、種材配下の警護所で共に鍛えられた。彼らのうち数名は過去、高麗や遼の兵や倭寇として実際に刃を交えた者もいて、種材の訓練はその話を基に想定されるので、より実践的なものに洗練されていった。

冬を越し、春に差し掛かろうとした時に、マムシは、やっと、藤原千晴卿に依頼されていた太刀を仕上げる事が出来た。この切れ味や出来は、最初に依頼されていた藤原実頼のモノとは設えこそ同じであったが、中身は全く異なり、先に婿殿である、忠賢の為に打直した太刀と遜色はなく、大柄の卿の依頼もあって刃渡りが三寸（三尺三寸）程、長く出来ていた。

設えに関しては、鍔は唐鍔と呼ばれるものが設えてあり、鞘は螺鈿梨子地蒔絵、藤原実頼の設えと異なる点は、玄海の海で採取された鮫の肌が、柄の部分に使用されており、冑金《かぶとかね》や石突は、金では柔らか過ぎるので真鍮（黄銅）を使用し、筑前の女達が織り始めた帯執《おびとり》が締められている事であった。これらの設えは、高明とマムシが吟味した輸出品にもなっている、この地のモノであった。この様な、設えが、拵《こさ》えられる程、此の地には全国から職人が吸い寄せられるようになっていった。

これらの道具の生産は、この地の名物として、後々、地元民の懐を潤す農閑期の作業にもなった。

水と木炭や設えに使う鉱物は、娘や婿の手も借りて良質の物を見出していたが、砂鉄に関しては、備前の真砂鉄に比べ、ここ筑前の砂鉄は、やや赤みを帯び、少し劣るのがマムシの懸念点であった。

この依頼品は、自身の力で何とかなったが、弟子の育成で、備前の真砂鉄（鑪）に比べ柔らかいので加工には適していても、刀工として彼らの腕を上げるには、至らないのが、悩みであった。

いよいよ高明は嫡男に、彼の師へ、太刀を送り届けさせる、という名目で、近隣の防塁調査を本格的に始める事が出来ると踏んだ。

二年目の春、初めての夷狄との戦

しかし、この春、百足が懐妊している事が判明した。忠賢は当地を離れ、暫しの期間、遠征せざるを得ない事が無念であった。百足（トヨ）は百足で、夫が出産時傍《そば》に居ない事は不安でもあった。

勿論、この時期、男が産室や孕んだ女と接する事は〝禁忌な事（穢《けがれ》）〟とされていたが、若く、現実的な考えを持つ二人には、その様な━慣習━仕打ちや考え方は、論理的に説明が出来ない『迷信』としてしか捉えられず、自身の考え方とは、相容れるものではなかった。

「しかし権帥（父高明）の命は、絶対である」

と言う義父の一言で、忠賢は、対馬沖へ立たねばならなかった。

しかも総大将として。故に、責任は重かった。彼の輔弼には、今や彼が最も信頼を置く、歳が然程変わらぬ、大蔵種材が就く事になっていた。彼には、既に手の掛からぬ歳迄、大きくなっていた息子達がおり、彼の嫁は、トヨを妹の様に可愛がる〝とみ〟であり、彼女が妻

の
「出産に関して責任を持つ」

と言うので、忠賢には、安心感はあった。

彼等は、此の航海の重責を感じざるを得なかった。が、其の種材からの〃圧〃もあった。

一方。百足も、父マムシから、婿殿のこの度の航海の意義を聞かされてはいた。

しかも、自身の職場である、炭焼き小屋から、兵器の調達運搬の様も俯瞰して、理由は解っていた。そう、頭では、その重要性を理解していた。

しかし、とみが、傍に居てくれていても、まだ心と体が、理屈に追い付いて居ない状態であった。

この時、彼女の悪阻は、炭焼きと言う仕事に悪影響を及ぼす〃極み〃を迎え、周囲からは〃穢〃を忠賢に移す事に繋がる。と強く言われていて、如何なる所業も、忌避すべき、とも諭されていた。

又、川に砂鉄を採りに行く事は、足を冷やすという事で、義父の高明以下周囲や家族郎党全員に反対され、断念せざるを得ない。

要は、トヨ（百足）は、普段から、都の義母が選んだ都風の風体（衣装）で着飾って、実家で伺候して居なければならず、所謂、籠の鳥状態で、あった。斯様の状況を喜んで楽しんでいるのは、家人（郎党）が付き、楽が出来き且つ着飾れる母だけであった。

四月前の海が穏やかになる頃、彼等は、博多の海から旅立った。隠岐の島までの行程は、一日。隠岐から対馬迄も二日半の行程、巧く何事も無く行けば、往復で、一週間で帰れる行程であった。

しかし、そうは問屋が卸さなかった。

行きの隠岐の島は忠賢の師であり、伊勢の固関使でもあり、元検非違使別当（今で云う警察と軍の長官）でもあった藤原千晴が、配流されている島でもあった。

到着後、忠賢と種材は隠岐国司八木雅光の館に招かれ、船の守りには、やっと、元服したてで、若い先の大宰府権帥の五男、橘敏道が附いていたが、忠賢が師に依頼の太刀を渡し、その場で、年長の副使であった種材は、隠岐の島民以下、彼の郎党を鍛え直す事を国司に強訴した。この事は、年嵩の国司にとっては、面目を潰される事を意味し、屈辱で在り、今後千晴の隠岐に於ける立場を悪くした。しかし結果として三十七年後、隠岐の被害は対馬に比べ、軽微に済んだのは此れが理由でもあった。

ただ、種材は、同様に対馬でも、国主長峰某に彼の郎党を鍛え直す事を強訴しようと考えていた。しかし遅かった。

元々、百済系の帰化人でもあった長峰は、朝鮮や北方の言葉も解し、故に自身の保身の為、相互に良い顔を見せていた。

しかし今回の相手は、高麗でも、新羅でもなく、北方ツングース系の遼。金（女真人）や渤海（靺鞨族）を滅亡させた、権威や、その地の文化等を歯牙にも掛けない、遊牧民のモンゴル系の契丹人の国家『遼』。漢族から見れば夷狄の興した征服王朝であった。

彼等は、自身が占領した土地に近く、然したる抵抗も無く、自身の言い成りになる、高麗（朝鮮）を攻め、戦利品をせしめるだけせしめていた。しかし、其処に多勢ではあったが、彼等から見て、煌びやかなだけ（実践的には見えない）で小柄な、異人（日本人）が、自からの領域（と勝手に考えていた）場所に、のこのこ、やって来た。と言うのが、夷狄から見た、今回の顛末であった。

まずは、小手調べとして、豊かで暖かな南岸にある日本の実力を戦い慣れた、彼等は、測る事が主眼であった。

奴等は、高麗程度に、容易く平伏する民か否か、此の日本本土から来た連中を使って実験する事を狙った。

対島の国守及びその郎党は、これらの情報を即、分析し、結果、屋敷に籠り守りを固め扉を閉ざしていた。

港には、出迎えすらおらず、島民の姿が見えない事に、種材は違和感を持ち、船頭に舵を厳原港では無く、僅かの人数とは云え、防人が守る金田城のある西岸に向かわせた。此処は要害の地で、厳原港から陸路で向かうには険し過ぎ、半島や大陸には、面しているが、船を隠すにはもってこいの波穏やかな湾に面し、戦いに向く平場が少なく、遠方にまで見通しが利く断崖や切り立った斜面に面した平場には、砦が設けられており、本土（大宰府）からの防人が交代で常駐していた。

此の程度の知識は、忠賢も持っていたので、その考えに直ぐ賛成した。

防人の籠る金田城から入港してくる船の形や甲板上の船員の身形で、即日本人と分かったので、迎えの小舟が城から派遣された。

彼等は、井戸や竈や蔵迄設けた雨（雪）風も防げる砦で、絶えず臨戦態勢を取っていた。

しかし、忠賢一行を交代要員と勘違いした。

が、それにしては、来航してくる期間（間隔《インターバル》）が短かった。又、種材、忠賢により、高明による昨今の周辺情勢分析が伝達された事により、彼等の武器や武技を試す申し出も、防人達に、すんなりと受け入れられた。

あと半年は、防衛の為、此処で踏ん張らねばならない。防人には緊張感が走っていた。

只、帰国後彼等の内、指揮官クラスは除目を経ず兵役を離れ、正式に従六位の下、又は従七位程度の官位で、兵卒クラスも大宰府の権帥が、添え状を書き、任官できると言う、高明の書状も、彼等をして其の試技を受け入れる、そして彼等の依頼に協力的になる〝気持ち〟に、すんなりとさせた。

具体的に、対馬の何処に夷狄が侵入して来たか？

翌日には、小船が、城下の湾から、索敵の為に出された。

半日も経たず、再び下県郡の佐須浦の村を夷狄が焼き払い、略奪の限りを尽くした。

と言う報が、彼等より齎された。

金田城の防備は、防人達に任されていたので、大宰府から派遣された、忠賢麾下の派遣隊を核として、夷狄斥候の防人と共に、翌朝夜明けを待って、その村民の救護へ急行した。防人の長からは、大陸の弓は〝弩〟と言う本邦のモノに比べ小型で、強力な点で、留意があった。しかし、甲冑や刃物に関する注意は無かった。

その理由を間もなく、彼等は、実感する事となった。明け方の佐須浦は流石に、賊徒も寝静まっていると見え、穏やかに見えた。浜辺の小屋からは、煮炊きする煙も灯火も見えなかった。忠賢麾下の派遣隊は三艘の小型船で、静かに浜へ上陸したと思った。が、兜をかぶり、真っ先に浜へ飛び込んだ、忠賢が、弩にとって格好の的となった。

真っ先に、彼が降り立った波打ち際から、九十間以上（百五十メートル以上）離れた浜辺の小屋から放たれた、数本の弩の内、一本の矢が、彼の栴檀板から胸板を射抜き、彼は、水瓶を打って、その場に倒れた。

それを見た後に続く船も舳先《へさき》に、盾を立て防戦したが、敵の矢は、その盾を貫通し鏃《やじり》が盾の内側に覗く程の威力を見せた。只、幸いな事に、弩の命中精度は、種材や敏道の放つ和弓程正確ではなく、矢数も密では無かった。

首を低くし、盾の柄の部分を保持していれば、どうと云う事は無かった。しかし、急いで上陸し、船は波の力を借りて横向きにし盾代わりにして、更に、その前に盾を立て、倒れた忠賢をその内側に引きずり込み、彼等は、弩の攻撃を防ぎながら、此方も、敵の弩の本数の倍以上の矢数で応戦した。

この、夷狄の攻撃に対する対策は、既に昨年、種材麾下で今回の派遣軍を構成している警護所の侍達は、種材や敏道の指揮による訓練で習得出来ていた。しかし若い忠賢は、血気に逸り、先走ったのが全てであった。

敵の生業が略奪と狩猟であり、生命に対し畏敬の念も無く尊ばない。とは聞いてはいたが、敵は、日本の矢数の多さと対策に驚き、浜辺の小屋の出入り口に凌辱し尽くしたと思われる、漁師の婦女子を盾代わりに追い出し、弩を放って防戦してきた。彼等夷狄の弱点は、弩の弓が強力故、弓を張り、矢を番える間隔が、早くても、こちらの弓の三倍強の時間が、掛かったという事。そして多勢に無勢でもあり、彼ら以上に鍛え上げられていて、夷狄の武器が、どの様なモノか想定出来ていた日本側は、或る程度の対処法を会得していた。

故に、日本軍を舐め切っていた、夷狄は、然程時を置かず、種材と敏道の号令一下、短時間で完璧に討ち取られた。短時間で討伐に成功したのは、日本の矢数や狙いすまして放つ事ができる弓矢の正確で、しかも弩と変わらぬ程、威力が強力だった事。

且つ、兵の数も夷狄を若干上回っていた、そして、夷狄は、高麗兵等と変わらないだろうと、日本軍を舐めて掛かっていた事、そして『日本兵の練度の高さからくる鉄壁の防御であったのが、決定的な勝因であった』と後日書かれた、内裏宛て報告書にも記載した。

此の内容で、都からは、細かい詮議は無いだろうと言う、種材の思惑もあった。

此方の負傷者は、あろう事か、忠賢一人であった。そして六人の夷狄は、矢衾《やぶすま》で小屋から逃げ出せなくなり、隙を見て、逃げ出そうとした処、背後を見せた四人が、種材の手で、素早く一刀の下に、切り殺され、二人は、取り囲んだ郎党や防人に依り、身動きが取れなくなった所で、筑後国蒲池の領主になっていた先の大宰府権帥の五男、橘敏道が、父の遺品でもある太刀で打ち取っていた。彼等の防具は、種樹らの太刀の前では無きに等しいモノであった。

此方の郎党や防人は挂甲（けいこう）と呼ばれる、動きが楽な胴巻きを着用し、竹で編んだ脛当もしていたので、逃げ出す際に弩を放棄した彼等の振り回す、大柄で重い太刀を避ける事は容易く、夷狄共を取り囲み、身動き出来ぬよう捕縛する事も容易かった。

彼等は、マムシが鍛え直していた三尺の日本刀（太刀）を腰に、薙刀で武装し、兜と大鎧を纏う忠賢、種材、敏道は、六尺（二メートル）は、ある大弓を装備していた。

日本の弓は夷狄の弩と同程度の射程があり、日頃の鍛錬もあって、精度は可成り上であったが、特に大弓は、立たないと打てないという致命的な欠点があった。

故に、盾を使い、じりじりと、弩を放つ窓に次々と矢弾を食らわし、その矢弾は、盾代わりの婦女子を避け、ハリネズミの様に成っていた出口から逃げ出す夷狄との間合いを詰める時を稼いでいた。この勢いで、白兵に持ち込み、敵を討ち取る（掃討する）事となったが、その間、船や盾で守ってはいても、撃たれた忠賢を波打ち際に、放置せざるを得ない仕儀と、なって仕舞った。

掃討する迄の時間は、半時（一時間）程度ではあったが、その間、彼は、止血もできずに浜の波打際に放置された。これが致命傷となった。種材が、波打ち際の忠賢の許へ向かった時、彼は既に虫の息であった。夷狄の弩から放たれた矢は、栴檀板から胸板を貫通してはいたが、体迄は貫通していなかった。しかし、これもいけなかった。我を忘れ小屋の戸口の前で、矢に当たらず、へたり込む漁師の婦女子を尻目に小屋の中には、夷狄が酒盛りをした跡や、囲炉裏に残り火が残っていたが、其処へ大鎧と兜を取った忠賢が戸板に乗せられ、急遽運び込まれ、鏃《やじり》を抜き、傷口に残りの酒を撒き、傷口に晒を巻いて応急処置をしたが、吹き出す血は止まらず囲炉裏の火を強くしても濡れた彼の体には、温かさが戻っては来ず、彼の口からは

「トヨ」

という言葉と

「無念」

という言葉をかすかに発するのみの状態であった。

忠賢の口元に兜を取った種材が、耳を寄せ、必死になって、彼の言葉を聞き取ろうとしていた。

しかし其れが彼等に出来る精一杯の事でもあった。源忠賢。数えで十九歳の最期であっ

た。

外に佇み、弓を持つ敏道は、茂みに隠れ、生き残っていた夷狄が、浜へ逃げ出すのを確認した。

此処は、奴を捕まえ、島に残る奴等の一味の潜伏先や、敵の総数等の情報を聞き出すのが常套であったが、未だ数えで齢十五歳、初陣の敏道が怒りに任せて放った矢は、夷狄の脳天をかち割り、佐須浦を凌辱し尽くした最後の夷狄も絶命した。

この一方的な結果ではあったが、日本の〝戦闘力〟の程度が対馬に潜伏する夷狄の仲間に伝わる事は防げ、結果として、大陸の夷狄が、日本の実力知る事は、防げた。しかし、一方で、彼等が、どこから来た何者か？　その目的は何だったのか？を知る機会も術も、失う事となった。

忠賢の遺体は、着衣を整えられ、此処から、寄り道をせず直でも四日掛かる大宰府に、大蔵種材の手で、連れて帰る事となった。

途中の壱岐に居る彼の師である藤原千晴には、橘敏道に依り、事の次第が伝えられた。

金田城の防人達は、種材の認めた書状により、事の次第を理解し、東海岸の館を攻め、彼等を塀の内側へ招き入れる事を拒んだ国主長峰某と彼の郎党全員を敏道が、大宰府に帰着後、一週間も経たずに、防人達の手で大宰府に引っ立てられて来た。後日、防人達は、夷狄の残党狩りも進め、結果彼等防人の交代は、通常より二ヶ月早くなった。

嫡男の死、嫡孫との邂逅《かいこう》

大宰府で嫡男の亡骸と面会した父、源高明の嘆きは、異常な程であった。彼は、己の判断や指示を恨んだ。

しかし己の判断から引き起こった結末なので、誰に対しても恨み言を言えなかった。

三十を過ぎて出来た信頼できる嫡男の死。故に、彼の嘆き方は、尋常ではなくなっていた。

読経の間も、荼毘に付される間も誰憚る事も無く、高貴な身分とは、思えぬ〝体〟で、号泣し続け、故に、マムシ殊、村主三太夫と百足殊〝トヨ〟は、身重な体でありながら、嘆く事も出来ず、気丈に振る舞うしかなかった。

都から弔意を表し、葬儀を取り仕切る為に訪れるべき、妻や弟や妹たち親族は一切居らず、都や国（帝《みかど》）からの、今後の事に関する指示や、戦死した忠賢に対する、追悼の文すらも無かった。それが、忠賢の戦死に関する、そして、夷狄に関する、都が採るべき『態度』

の〝公式な全て〟であった。要は、都の帝や、公家に、直接的な被害や影響が無ければ、何も畏れる事も無く、何事も無かった〝平穏〟であり〝無関心〟であった。

唯々、大蔵種材が当分は黙々と高明に代わり高明の如く大宰府の仕事を仕切り、大宰府の武官文官は、黙々と通常の業務を熟して行った。橘が帰着後は、この二名で大宰府は、即ち、官位は低くとも経験豊富なマムシ殊、村主三太夫と大蔵種材が最終的な処断をし、何事も無かったかの如く運営されていた。

対馬の国守に対する詮議も、彼等の手で滞りなく都に奏上され、銀の鉱床を発見し、その採掘に長けていた故、長峰某の罪一等は減ぜられ、斬首こそ免れた。

しかし、彼の、子飼いの郎党は悉く大宰府の手で処断され、対馬には大宰府の人員がその任に交代で当たった。都からの僧も複数派遣され、寺院と云う名の監視所と共に、役人や銀鉱山の労役に付く人夫すらも、彼（百済系）とは、縁も所縁も無い、勿論、何処《いずこ》からの帰化人系ではない舎人や、本土からの主に以前は、蝦夷と呼ばれた東北の山間部から選出された、軽微な罪人が、選ばれ、配備される事となった。

裏側の金田城の防衛に当たる筑前や出雲から派遣された防人は、定期的に東海岸も巡回し、対馬国司や土着の民の動きを監視・報告する事が、義務化された。

トヨの十月十日目はこの様にして、彼女が、夫の死を嘆く事も出来ずに、やって来た。其れ迄の間、廃人の様であった、源高明は、嫡男の嫁が男子を出産した事で、やっと、我を取り戻す事が出来た。

後の下総の守、源致公（むねきみ）の誕生であった。

彼の将来は嘱望されていて、高明の従弟（親戚）で武門の長でもあった清和源氏初代、源経基（つねもと）の三男満季（みつすえ）に高明の死後、養子として迎え入れられ、父母の遺伝子を継ぎ、父以上に武門の将としての能力を発揮していく事となった。

こうして、高明が大宰府に赴任して二年目は過ぎて行った。

彼は都に残した妻や娘、そして幼い故に、同行が回避できた三男俊賢（としたか）の後見元である、時の権力者でもあった、左大臣藤原兼家、右大臣源雅信に文を出し、都に於ける嫡孫の処世に関して、指示を乞う様になっていた。

高明は、嫡子の子（嫡孫）の現世に於ける栄達のみが生き甲斐となっていた。

未亡人となった百足殊〝トヨ〟は、権師の義理の娘（嫁）という風体は採らず、敢えてマムシの娘然として生きていく事を決めていた。故に息子は、早々に義理の父高明が選択し任命した、都から派遣された乳母《めのと》に預け、子育てからは、手を引いていた。

この判断も、高明が、嫡孫の現世に於ける栄達を生甲斐とする事で、正気を取り戻し、復活が出来た理由でもあった。

故人である夫の『父の生きる術を奪う事は、儘ならぬ』という言霊が、夢枕に立ち、その言葉が、彼女の心を支配していた。又、夫の死を見取り、最期の言葉を伝えた、大蔵種材の言葉も大きかった。夫は、我が子の事ではなく、彼女の名を最後に叫び、息絶えて逝った。その言葉が、彼女を支えていたのであった。

彼の遺品の太刀は、今や彼女の腰にあり〝女だてら〟という言葉が似付かわしくない風体を纏い、この姿に違和感を皆は、覚えなかった。

夫の遺物〈太刀〉の、捌き方は、種材が直々に教え、扱い方は父マムシが教えた。そして、その間、種材の妻〝とみ〟が心の支えとして、彼女との良い関係を構築していた。今や、百足殊〝トヨ〟は、〝とみ〟と姉妹かの様に、交わりを深く持って行った。

しかし、夫との思い出の地である温泉場の有る、砂鉄採取場は、種材と、とみ夫妻は基より、誰にも、同道を許さなかった。

暖かくなる春を待って、彼女は、砂鉄の採集作業を再開した。此処だけは、彼との思い出に一人で、浸れる神聖な場所であった。

夫の刀の威力なのか？　彼の魂が、其処で彼女を見守って居るのかは定かではないが、このご利益は、凄まじく、彼女一人が此処で湯に浸かって居ても、襲いかかろうとする〝獣〟は、皆無であった。

嫡男の死のショックから立ち直り、復活後、源高明の仕事は何時にも増して精力的になっていった。それは、まるで息子を失って自失していた時間を取り戻すかの如く、殺気も溢れていた。

今や高明の片腕と云っても構わない、マムシ殊、村主三太夫には、大陸の弩に対抗できる盾の開発や武衛に関わる担当者全員に行き渡らせる数の刀の製作を命じていた。

実戦を経験し、死地を潜り抜けて来た、若い大蔵種材と、彼を輔弼し、正しい判断に導いた橘敏道は、従六位上、相当の太宰の権佐（弐／すけ）と、六位下、相当の権の監（じょう）と云う職責が都の除目により与えられていた。ただ彼等は除目で与えられた官位に相応しい束帯姿（武官の昼《ひの》装束）ではなく、より実践的で動き易い直垂と小袴と烏帽子の儘だったので、都から新たに赴任（左遷）してくる人間には、彼等が自身より身分が上、要は彼等の指揮官クラスである。と云う認識が最初持てなかった。

その様な、より実践的な彼等の号令の下、大宰府の官吏達の戦闘力と事務遂行能力は、今や日本最強と言える程度迄、洗練・効率化されていた。

やはり、マムシの読み通り、夷狄の使う太刀は、我々の使用する太刀や樫で柄が作られた薙刀と比べ、鍛えられておらず、重いだけで〝脆く折れ曲がり〟易かった。

要は、鋳造された粗悪な鉄の棒に、刃先を付けただけ、銅の含有が無いだけ、マシなモノ（脆くはない）と云うのがマムシの見立てであった。又、弩という弓矢も、金属製の弓に動物の毛を使用した弦を張り、強力故、飛距離は、下手をすると当方の弓より強力だったが、その矢の精度は、十間も離れれば、人の背丈の範囲で逸れる様な粗悪な品物で、且つ弓自体、壊れ易い物でもあった。

要は、矢と、矢を番える部分がどう仕様も無いモノであったし、引き金も非常に重く、そこでも、ガタや誤射が出る様な品質の物であった。又、海での使用が考慮されており、脆く（折れ易く）、錆の出易い鉄ではなく、黄銅を主として弩の弓部に使用されていたが、此れは此れで、耐久性の無いモノであった。

要は、馬上から素早く居掛けたりする事はとても適わず、馬で攻めてくる、騎馬列に対する〝威嚇や制止（一斉射撃に依る矢襖の構築）〟が本来目的の武器であり、対個人戦闘には適さない。と言う結論に達していた。要は、集団戦の後の対個人戦闘に際し、彼等の戦術は、個々の兵士の能力に大きく依存した戦い方が、主で有ろう。と判断できた。又、防具に至っては、動き易いが、本邦の甲冑と比すれば、何も身に着けていないに等しい分厚い毛皮だけで出来ていた。

同じ素材で出来ている、盾や兜（帽子）も、我が方の太刀ならば、容易く切り裂ける様な物であったので、これで、白兵で戦えば、然程恐れるには足りぬだろう。と云うのがマムシの判断として皆に共有された。

勿論、当方の矢であれば、彼等の防具は、簡単に射貫ける。という判断であった。

此の解析に満足した、高明以下、大宰の武士《もののふ》達は、種材、敏道の立てた、対応戦術を浸透させる為に訓練を始めた。

また大宰府から、琉球、宋迄の航路の安全確保が、高明の関心に加わった。

此の海外貿易の上前が、確実にマムシが選別し、呼び込んだ、備前を始めとする、国中の武具職人の質を向上させていった。今や日本製の太刀や刀剣類は、都や本土からの産物に頼らない大宰府独自の輸出品目に成ろうとしていた。又、百足の指揮下で産出される、木炭も、此の地の、重要な輸出品となっていった。其の目算は、高明が、大宰権帥の時に、種を撒き、この準備が、実を結ぶ花となり開花するのに、そう時間は、要さなかった。

後の、夷狄襲来時に、当地の侍と武器だけで、まともな指揮官さえ居れば、内地への浸潤を許さず、防御できた下地が、この時出来た。こうして、当地着任後、三年目の夏を迎えようとしていた。

彼の都に残した妻や娘、そして三男俊賢（としたか）の後見元の一人である、右大臣源雅信より文が届いたのは、その様な時であった。高明にとって都へ召喚されても、然したる、遣りたい事が、思い浮かばなくなっていた。

それ程、大宰府の整備事業は、彼が、嫡子を失った悲しみを忘れさせて余りある程の、遣り甲斐を彼に与えていた。

しかも此処には、嫡孫とその母、その父であり、今では、良き相談（酒の）相手でもある、マムシ殊、三太夫もいた。

そして信頼が措け、一を云って十を理解し実行する息子の様な、有能な若い部下達が、育っていた。

縁故や、猟官に勤しむ『必要も』『気苦労も』『忖度も』皆無であった。

彼は都や親族の帰還依頼（文）も、朝廷からの召喚命令も無視出来る迄無視し続けた。

言い訳をするに相応しい事件も、近海近隣では頻発していた。

大陸、宋からの伝聞（情報）で、宋の北方では息子を虐いた契丹が建国した遼と、女真人が建国した金の間で諍いが起こっており、女真人の金が優勢なので契丹の起こした遼は、海への活路を開くべく、高麗や将門の乱以降平定された日本の東北の西海岸（日本海側）に侵入を試みて来た。

その先兵が、倭寇や海乱鬼《かいらぎ》、八幡《はばん》と呼ばれる、大陸や半島由来の海賊勢力と結託し、佐渡や対馬を経由し、藤原千晴が育成し堅固な守りを誇る壱岐まで逡巡して来ていた。ここ迄が、大宰府（高明）からの都（内裏）に対する現状の情勢報告であった。

彼等は狡猾で佐渡を攻めても、南下して京都近辺の越前の浜や舞鶴を攻める事はしなかった。要は、都を武力で刺激し、日本全国を相手にする事は『愚かな事』という判断は出来ていた。

それには倭寇を通じて日本製の武器が、自身が生産したり大陸で調達出来る武具より、優秀である。と云う『冷静な判断が』騎馬民族独特の冷酷な本質から出来ていた事にも依った。彼等は、倭寇から入手した日本製の武器を用いて、自身等の産する元々の装備と『さして変わらぬ』装備しかない高麗や新羅の近海で略奪行為を働いていた。

それが百済系の帰化人官僚をして、日本に迄、攻め寄せてきた憎き同胞（半島の高麗、新羅人）のみを誣いる夷狄。と言うレッテルを彼等に植え付けていた。

憎悪は憎悪を生むという悪循環が、高麗、新羅、百済系の半島人の間で渦巻き、百済系の帰化人からの情報。即ち京に入る情報と大宰府から送られてくる情報では、全く逆の意味を成していた。

都の人間にとって、耳触りの良い、傍に住む、百済系帰化人からの情報を信じたいのは、山々なれど、先の左大臣まで上り詰め、現右大臣源雅信の親族でもあり、そもそも醍醐帝の皇子でもある、源高明の報告も〝仇や疎か〟にする事は、出来なかった。

それが高明を召喚したい内裏の本音でもあった。

何れの情報が正しいのか、自ら動いて、真贋を確かめる行動をしない、陰陽師等の非科学的な、他力本願、神頼みが身上の、当時の都に住む貴族階級にとっては、二つの異なる情報の真贋を見極める、吟味が、現状では、出来なかったのだ。

高麗、新羅、だけを侵略する夷狄は、都の貴族には、陰陽師が退散させる〝物の怪〟や〝怨霊〟より、余程未だ、無害な異物であった。

此の様な都や貴族達の『心根』や『無知』『状態』を知る高明は、時間稼ぎが幾らでも、十分にできた。

彼の大宰府は、宋の商人や異国に執って唯一信頼の置ける、日本市場に対する窓口であり、高明以下、彼の育てた部下は信頼の置ける司（担当責任者）でもあった。

故に、貿易量の増加に伴う利益は〝益々〟府内の蔵を富ませていた。

又、対馬や石見で発見された銀。要は、当時の国際決済用の金銭も、当地に集積され始めていた。

都からは、伝来の絹と陶磁器等の贅沢品さえ滞りなく送れれば、文句は、言われなかった。

この状態が大宰府の隣で周防を拠点とし、やっとの思いで都の人間を排除し、実権を把握しつつあった、百済系の多々良氏（後の大内氏）の心を〝落ち着かなく〟させ、彼等も、高明が大宰府に居る事が、目障りになっていた。

宋や、裏庭に等しい石見の銀を彼等の頭越しに、大宰府に集積される状態は、快《おもしろ》くはなかった。しかし武力の点でも、大宰府に対抗できる者は、現時点で、この周辺には居なかった。

着任三年目

彼をもし今、都に呼び戻せる者がいるとすれば、それは、勅命（天皇の命令）を左右できる人物だけであった。

彼はやはり未だ、亡き醍醐天皇の第十皇子。

最終官位は、正二位という事に拘りは『持っていた』。同輩や、位官が上で、富と権勢を誇っていても、若輩者や、単なる外戚や廷臣程度の如き身分の藤原氏、ましてや、その氏族の中でも下位の者の命を受け入れる気持ちは、更々無かったのだ。

今、都に在る権力闘争を彼は、妻や息子から齎される（無駄な）文で単なる兄弟喧嘩の成れの果て、と喝破していた。しかし、一方の藤原兼道は、自分の味方を一人でも傍に置きたい。と云う目論見から、円融（天皇）の御名を使用し、源高明に召喚の勅許状を送り付けたので、彼も、観念せざるを得ない立場に、追い込まれて行った。

彼は、今や気心を許せる友とも呼べる、マムシ殊、村主三太夫を館に呼び、此の経緯や、彼のこの件に対する『考え』を述べ質した。

「三太夫」

既に彼は、マムシと言う通称で、彼を呼ばなくなっていた。

「はっ、如何致しましたかな？」

「ふむ。困った仕儀に相成った」

「と、申しますと？」

マムシには、此処までの経緯や京の事情等、既にあからさまに、打ち明《グチ》けられていたので、実を云えば、彼も、この件で回答を出しあぐねていた。

「ふむ。この書状じゃ」

高明は、勅状ではあったが普通の文と変わらぬ乱暴さで〝拝みもせず〟勅状を彼の手元に放り投げた。

「これは」

円融天皇の御名御璽に花押迄記してある文、故に、彼は手元に置き開いた際に、非常に驚いた。

「なに、文面を書いたのは、藤原之某《なにがし》、その祐筆じゃろうて」

そう、高明に言わせれば、御名と花押こそ、天皇のそれ（真筆）に違いは無かろうとも、文面を書き、御璽を捺印したのは、藤原の一門の何者か。其の代筆（祐筆）によるモノにした。

〝過ぎないだろう〟と言う読みを伝えた。

「しかし、お上からのご命令には違いないのでは？」

尤もな反応しか寄越さない、この友はやはり〝其処迄か〟と諦めに近い心境が高明に去来した。

「うぬも、然様に見るか？」

「儂等（百足とマムシ）は、当地に根が生えましたので、同道は、出来兼ねますが、ご嫡孫様は、お連れせねばなりませぬ」

「然様か」

「して卿の後任の方は？」

「儂より可也、爺《じじい》の橘某《なにがし》とか言ったかのう？」

「橘？　あの先の大宰府権帥の五男、橘敏道が、親族か何かで？」

「否、地方官を歴任され、確か従五位の下であったと思う敏道の父は」

少し、高明は『しかたがないなぁ』と言う風情で間を置き、

「故に、好古とは、全く関係は無い」

と彼の見解を述べた。

「橘好古卿と言われるのですか、して官位の程は？」

「確か？　儂より低いはずじゃ従三位だったかのう？」

下向に伴い正三位に、降格していたとは言え、元々正二位の上であった、高明よりは、橘好古は、確実に下の官位であったし、勿論、廷臣風情《ふぜい》の身分であり、己の様な、皇籍の出ではない。要は自身より格下（民間人）の者が〝後任〟と言いたかった。

しかし、この頃、彼自身、都に戻って、再度公卿に列せられても、余程の〝命〟でもない限り、参内する気は、全く失せていたので、公卿の地位（従三位以上）とか、官位に関しての興味も同様に失せてはいた。

只、此処に残り、生涯を全うしようと考えている、マムシに執って、上役の立場・その考え方や動向の把握は、重要であった。

この事は、マムシ以外にも、大蔵種材等、主要な大宰府の構成員にとっても、重要情報、故に、彼等依り頼られている、年嵩のマムシとしては、把握しておく必要があった。

この会談後、高明は、意を決した。

帰朝前の数週間、実務から離れ、（嫡）孫や、その母であり嫡男を自身以外で、最も知るトヨ（百足）との時間に日々を費やす様になっていた。

トヨも又、父と共に当地に残るつもりであったので、一歳になったばかりの息子との〝愛しい時間〟を全力で、過ごした。この時ばかりは、彼女は、普段着や、男装ではなく、髪を当時の女性らしく大垂髪（おすべらかし）に結い直し、義父が調達してくれていた、襦袢や小袖の上から長い袴を履き、上から単《ひとえ》を重ね、袿《うちぎ》を数枚着用し、着物は襟と袖、裾が少しずつずれて重なり、色合いが見えるように仕立てられていた〝小袿姿《こうちぎ》〟を普段の装束としていた。

これは、そのような時間を作ってくれる、義父の心根への感謝でもあり、幼い我が子に、自身が貴族の嫡子であり、生母として、自身の姿を焼付けさせる意味もあった。

夜は毎晩、三太夫（マムシ）も、孫の顔を見に、妻と共に身なりを整え、高明の館へ来ていて下手をすると、そのまま、皆で寝込む事すらあった。

そして一度だけ、トヨは、義父の許しを得て、何時もの様に、男装で帯刀しつつ子供を抱き、(乳母も連れずに)二人きりで、忠賢との思い出の地である御笠川の上流にある砂鉄採取場でもあった『温泉場』へ行き、温泉場で湯浴みを楽しみつつ父の話を分からぬ儘に、我が子に伝えていた。

トヨは自らの乳を息子に含ませた。都からの乳母を置いて、はや一年が過ぎていたので、まさか自らの乳房から、再び母乳が出て来る事は、想像もしていなかったが、我が子を抱き、湯に浸かった瞬間。

乳房から母乳が出、それを我が子が一心不乱に咥えて飲んだ事は、一生残る、望外の喜びをトヨに与えた。

この様な、愛惜しい時間が、間もなく失われる事は、嫡男を失ったのと同じ程度に、高明の心を蝕んでいった。

こうして、四年目の春。天禄三年(九七二年)、暖かくなる頃を見計らって、高明と孫一行は都へ帰朝した。

帰還、政局

都に戻り、既に右京四条に在った邸宅が消失していた事を知っていた高明は、都の北にある葛野と言う場所に隠棲する様に居を構え、妻や入内していたり、時の権力者の妻妾となっていた娘達、そして嫡男だった忠賢とは、母が異なる藤原師輔の娘が生んだ、三男俊賢（としかた）や、その後見元の一人である、右大臣の源雅信を通じての、参内の申し出も、悉く断っていた。

帰還に際し、備前を過ぎた頃には、彼の心は、すっかり折れていたのであった。

彼に執っては、大宰府に於ける血沸き肉躍る、自身の能力を発揮できた環境に比べ、此処、権謀術数だけが渦巻く都での生活（処世）は、性に合わず、成らば、静かに隠棲し、己の知的好奇心の赴くままに余生を過ごし、余力で、孫の育成に、全精力を掛けるつもりでいた。

又、母が異なる藤原師輔の娘が生んだ、三男ではあるが、醍醐源氏（延喜御後）の惣領となっていた源俊賢は都の生活が長く、記憶にもない父の前に、自身の姿を見せる事も無く、高明自身、直接対面の上、薫陶をする事も出来なかった事もあり、嫡男だった、忠賢とは、真反対の、真っ直ぐではない、権謀術数だけが好きで都振りな、(言って見れば〝軟な〟)男に成長していた。

降嫁したり、有力貴族との縁を結んでいた娘達や、妾達も加持祈祷等や歌にしか興味を示さない他力本願な都人で在った。

故に、そう、齢六十に近づき、彼は残りの時間は一人気儘に余生と決めて(諦めて)いた。

特に彼を失望させたのは、俊賢が巷で、自らを嵌めた九条藤原家と、懇意にし、漁官をしている事を認識してからであった。

結果、後に彼は、藤原道長を支える一条朝の『四納言』と呼ばれている地位に迄上り詰めた。

その様な中で、噂には聞いてはいたが、凡そ貴族らしからぬ体躯と、立ち回りをする人物の来訪があった。

藤原実資（さねすけ）は、高明を大宰府に配流する事を決めた円融天皇の蔵人頭でもあったが、今は当代の一の良識人としても知られていた。彼と、その息子の大学寮での友人でもあり、以前は高明の政敵ではあったが、何故か実の兄より、此の友人の親父である、実資と、気が合う、道隆の次男藤原隆家が、その思い掛けない、来訪者で有った。

藤原実資は、予てより、大宰府の隆盛を造った、高明から、海外の〝実〟情勢と、夷狄に関する対処法や判断等を学びに来たいと、何度か文を送り、高明は、己を内裏から遠退けた張本人（円融の秘書でもあった蔵人頭）からの文。故に、無視をしていたが、或る時、思いがけず見た、書面の内容から彼等の訪問を許した。

隆家も兄伊周（これちか）や祖父（兼家）や父（道隆）が好む、権謀だけが渦巻く都（藤原北家）での生活は、性に合わず、此の剛毅且つ、繊細な友人の父である、実資と、知己を得た事が嬉しかった。

その実資の興味の芯が此処であると聞いたので、彼も、同道して来たのが始まりであった。

高明の言葉は、湯水が砂に吸い込まれて行くかの如く、若い隆家を潤す事が判った。

正直、今は亡き息子に話を掛けている様で、高明も嬉しかった。

故に、高明はふと、息子を失った時の悲しみを思い出していた。

「隆家殿、若い者と、儂の様な〝老いぼれ〟の似た点は、お解りかな？」

高明は、思いつく儘に、亡き息子とそう年端の違わなかった、隆家に語り掛けた。

「不勉強なので解り兼ねます」

尤もな答えが、隆家からは、返って来た。

「それは、視野が狭いという事じゃ」

「視野が狭い？とは、勉強が〝至らぬ〟と云う事でございましょうか？」

「いや、そうでは無いし、そうとも、言える。しかして実相は、若き時分は確かに学び至らず、経験も浅い、その時の感情や正義感の儘、動く事も、儘在ろう。故に、それは確かに〝視野が狭い〟と云えるじゃろう」

「しかし、老いると、昔の経験や（成功）体験、学んで来た事に、その学びや、得た事が、十分では〝無い〟のにも拘わらず〝拘泥〟する。故に、成功や、痛い失敗の話を〝諄々と〟繰り返す。それは継の者（せっかく教えを請いに来た若者）には耳が痛く、故に、煙たがられ、誰も聞かず何も効かず、それをして〝視野狭窄〟と儂は考える」

「此れから、此処で、儂が話す言葉は、話半分と思うて、必ず、信じず。己の頭で、吟味する癖を付けて欲しいのじゃ。その判断が、後々間違っていた、としても恥じる事は無い」

高明は、切々と、自身の話に、疑いを挟まず、聞き入る、隆家の目を見て話し始めた。

高明にも自身が、皆に伝えている言葉を、口から巧みに紡《つむ》げる様に成る為に、どれだけの悲しみや、苦しみを乗り越えて来たかは、解らない。故に彼は、その言葉を発した後に、皆に許しの〝言葉〟をつけ加えたかったのや？も知れない。

「人は皆、往々にして〝水〟の如く、高きから低きに流れ出て行って仕舞う物じゃ」

此れが、最晩年の彼の口癖でもあった。其の様な態度も、彼の考えを後世に迄、残さなかった、理由かも知れない。

葛野にて

宋、契丹の興した遼、女真の興した金、そして百済滅亡後の高麗や新羅が、半島でどの様な関係性にあるのか？　夷狄とは、各々どの様な特性や、成り立ちから来ているのか、大宰府の権帥として分析した結果等、高明の話に対し、彼等の興味は、尽きなかった。

都で知り得る海外の情勢は、高麗と新羅に滅ぼされた百済系帰化人が牛耳り、その旨味を独占していたので、かなりの偏向《バイアス》が掛かってもいた事が、証明された。

今は陰陽師等の加持祈祷。要は、神のみぞ、知る！〝運命を天に任されて〞いた連中の言の葉の力の方が、大宰府の報告より、何故か?説得力を持っているので、高明が、大宰府に居た際に、辛うじて都へ、齎されていた、具体的、且つ、論理的な『内容』の報告は、彼の、都への召喚以降、ぷっつりと、途切れていた。

彼にとって、夷狄の考え方や、実態を此処で知り得た事が、後々に、大きく影響した。

風の噂で、高明も、後任の橘某が、着任早々病に伏し、直ぐ亡くなった事は、知っていて、以降の大宰府の権帥が、名誉職の様な『左遷された』と、自身を卑下するだけの〝お飾り〟の公家が、腰掛けで担当している事態を憂いていた。

あれ程有能な若者（部下）を使い熟さず、単に都の生活の延長で無為に空しく大宰府で都と変わらぬ時間を浪費する〝だけ〟の輩が、権帥として居座る事が、情けなかった。

しかし、その様な生活を彼等に許す〝財政的基盤〟を大宰府に残していたのは、紛れもなく高明であった。

しかし、今の自身の立場で現状を変える事は、如何ともし難いのも事実であったし、今年、嫡孫を源満季の許へ手放して以降、自身の年齢から来る体力や気力の衰えもヒシヒシと感じてはいた。

そこへ、此の様な、壮年の貴族と若者が、夷狄の実態を学びに、自身の考え方を学びに度々訪ねて来る事は意外でもあり、嬉しくもあった。

彼は、大宰府に居る二人の若者、種材と敏道に、現状を質す文を認めた。その返事は大蔵種木が直接、高明の庵に参上し、申し述べるため上京して来た。種木は、高明からの文を待っていたか如く、上京して来たのであった。そして彼の口からは、都に居たままでは知り得ぬ情報が齎された。それは、現状で、日本に襲来しているのは、高麗と新羅の海賊であり、遼（契丹）や韃靼人様な野蛮な輩等ではないと云う事であった。

彼等は、忠賢が殺された際の、対馬下県郡の佐須浦の村の惨劇。凌辱した漁民の女を盾代わりにする契丹人の様を忘れる事は、無かった。そして、高明離任後の権帥の振舞には、我慢がならなかったのだった。

忠賢の戦死を直接見知る、種木等に採って、契丹や韃靼の輩は、同じ種類の人間ではなく、野蛮な〝獣〟であり、高麗や新羅の盗賊は、其処から見れば、未だひ弱で、愚かな連中（人間）でもあった。只、この様な状況が対馬、壱岐、筑前北岸で継続している事に対する都人《みやこびと》（新たに着任して来る太宰権帥）の『危機感の無さ』が我慢できなかったのだった。

その様な、若い心情が、高明には、この言上からヒシヒシと感じられて、ほくそ笑むしかなかった。

「貴様等《きゃつら》らしいわい」

思わず口に出たが、彼等は、未だ、自身が与えた職務には、忠実である様だった。

又、新たな内容としては、松浦の連中。要は、日本人の海賊（倭寇）を手懐ける事に、マムシ殿の努力で、成功し、彼等が、主に大宰府近海の取り締まりに大いに活躍している〝労〟を今の権帥は、認めてくれず、都に、奏上される事も無かったので、村主親子は、私事にかまける様になり、仕事をさぼりがちであり、下手をすると、故郷の備前に戻る可能性すらある。との懸念も、認められていた。

只、息子の源致公（むねきみ）は、母（百足／トヨ）への文を欠かさぬようであった。孫の養育（武士としての実践的な指導）に当たる満季の館は、やはり、都の北辺に在り、此処からは、然程遠くは無かった。

故に彼も、良く此処へ、爺様の話を聞きに来てはいたが、その孫が、母への文を欠かしていない事は、初耳であった。種木自身も元上司でもある、高明に言上しつつ、それを静かに聞く高明と共に、目には一筋の光るモノがあった。

致公の義父であり、武門の棟梁家の象徴《シンボル》となる清和源氏の初代に連なる、源満季（初代経基の三男）も、父の考えと同じく貴族と言う身分や身の処し方に、懐疑的になっており、検非違使には任官せず、武士として己の才覚と力で身を処す事を考えていた。

実資はその年齢と職責故、無理ではあったが、若い、そう、亡くなった忠賢と歳葉の代わらぬ藤原隆家にとっては、この大蔵種木の情報は身近に置き、より詳しく知りたい実情でもあった。こうして大蔵種木は、隆家に請われる形で、彼の郎党となり、とみや子供等を都に呼び寄せ、そう遠くない将来、高明に見出された能力に相応しい※近衛の将監まで、自身の武門としての才を向上させ、隆家と共に再び大宰府に下向する事となるのであった。勿論、其処には、高明の種木や隆家に対する『強い思い』が在った事は言うまでもなかった。

高明の周辺には、此の権威に、媚び諂《へつら》うだけの貴族社会を腐った果実の様に感じ捉える輩が、身分官位を問わず蟻が蜜に群がる様に〝参集〟し集団を作り始めていた。

源高明の考え方は、情実を排し、公明正大を第一義としていた故であったのだろう。

此の薫陶が、後に〝刀伊の入寇〟と呼ばれた日本史初の九州本土へ夷狄（価値観が全く異なる人種）の襲来事件に際し、貴族の身でありながら、地元武士に愛された藤原隆家や、その郎党になった大蔵種木の活躍に繋がり、当時はまだ下級貴族であり、後の武家の一門の統領となる平家の源流を作り、都で藤原公任や藤原行成の言を強く諌めた藤原実資の考え方を形成していった。

※当時の近衛の将監：近衛府の三等官であり、もっぱら禁裏の夜警に当たる武人の事

枠の中の戦争

結局、〝摂関政治〟と、今は、呼ばれ蔑《さげす》まれている、自身の栄達や、家族や身内の繁栄のみを追いかける政《まつりごと》に於ける所業は、国の方針を決める内裏等に参集する〝民を導く立場〟に立つ人間が、厳に戒め、遠ざけねばならない〝在り方〟である事。

当時から算出すると約千年前、隣国の歴史書であり、当時の教養人にとっての常識であった、司馬遷の記した『史記』に出て来る、〝斉の桓公覇者となる〟の時代から〝変わらない真理〟である。と言うのが、源高明が、きつく彼等に言い残した言葉の、要諦であった。

要は、斉の宰相であった管仲の様な『心構え』を堅持し、今の都振りの儘では、易牙・豎刁《じゅうちょう》・公子開方の様な『三貴』と呼ばれた佞臣しか生み出さないのが、帰結である。と高明は、彼等に喝破したのであった。

何の為に参内し、帝を輔弼するのか、それを俯瞰して考え、政は、為さねばならない。

全ては、現実を見、誰から、何処から不満が出ているのかを見極め、己に対する、誹りを跳ね返せる姿勢を採る為に、自身の考えは公明正大、且つ、謙虚に、佇む事が、肝要であり。もし、為政者や上位者の強要により、その立場を維持し続ける事が困難とさせられた場合は、潔く、その立場から去り、周囲からの推挙があっても、少なくとも、三度は固辞し、仕方なく請われる形で指導の任に〝嫌々〟就く素振りを示さねばならず、しかし其処に、如何なる、自らの栄華や栄達（我欲）も、求めては、ならない。

又、自身に、斯様な不条理を強要した、為政者が居れば、その影すら、その現場から『完璧に』排除されている事を確認する。

それが、推挙されて就く〝参内する者の事前の姿〟である事を隆家や、その頃はすっかり隆家の郎党となって共に来ていた種木以下の若い郎党（下級貴族）に対して、懇々と薫陶した。

そして自身が受けた痛みを〝恨み〟として、維持し続ける事の、愚かしさを説き、痛みを受けたからこそ、他の価値観や、異なる、馴染みの無い、文化、考え方を探求（何故、その様な考えに至ったのだろう）と推量する事。

もし栄典の名誉が得られるならば、その余裕は、その探求の為〝のみ〟に消費し、もし、結果的に幾何《いくばく》かの物が、余れば、広く下々や、この考えに至る為に労を惜しまなかった、関係者へ褒美として分け与える。

『一家遺事人知否、不下為二児孫一買中美田上（子孫のために美田を残さず）』と千年後に西郷隆盛の言葉として、有名となった、論語の一節を漢文で、この時、隆家や種木以下、隆家の郎党に与え、故に、嫡孫である致公を物心が付き始めた頃に、敢えて源満季の元へ預けた事を説明し、自身の三男である異母叔父の俊賢等を後ろ盾にせず、自らの足で、立つ事が〝望み〟と、酒の席では、余話として話した。

世の中の『潤滑油』に過ぎない、物語や歌が、此の侭《まま》で処世の術として在るならば、それは世の乱れの予兆であり、あく迄、詩や和歌音曲等と、言うモノは、人心の営みを潤《うるお》す程度の『モノ』で足るべきであり、その優劣をもって人を評価する事は、指導者の執るべき姿では、無き事で、漢詩や、漢文を学ぶ者（要は、人と言う者）は、その文体の優劣ではなく、内容を理解し、吟味する事が、重要であり、今巷で流行っている風潮や、為政者の姿を鋭く〝些末な事（些事）に拘泥する愚か者〟として酒席では、断じ批判した。

そして平和ボケと呼ばれ、相手も自身と変わらない、同じ〝人間〟と捉え、甘え、侮る事は、愚かな考え方であり、隣人は、異人種であり、最悪、野蛮人〝獣〟と捉えておけば、自身が嫡男を『喪った時』の様な、痛い目に合う事もなく、かと言って、隣人を〝獣〟として過度に惧れ、遠ざける事は〝愚の骨頂〟でもある事も、折に触れ、伝え続けた。

異人、異文化、己の慣習と聊《いささ》かでも異なる事物、人種を知る為に、其処に飛び込む（そして彼等の考え方根源を探求する）必要性を懇々と説き、嫡男とトヨ（百足）や、三太夫（マムシ）夫婦と過ごし、三太夫が語った嫡男とトヨ、考え方の事、大宰府の夕餉の席（記憶）を思い出しつつ、判らぬ事を解らぬ儘に、放置して置き、故に、神頼みなどに縋る事の〝愚かしさ〟を説いた。

楽をして、他力本願や、神頼みで、主観的になり、絶対を信じ、情報の正鵠を得ようとせず、慣習に囚われ、自らを疑わず、考えもしない事の〝愚かしさ〟を〝強く訴え〟相手を楽観的に、自らと、同じ者として信じ、捉える事を〝甘え〟と呼び、その愚かさを説いた。

内裏の政を下衆は勿論、我々の様な下々も窺い知る事が〝出来ない〟今様を、改める必要も、自身の大宰府の運営から、強く訴えた。

要は、言葉が通じる人に〝馬鹿は居ない〟。〝若い、も、老獪も、無い〟人は、育った環境により『千差万別』なだけであり、その差異を見極め〝適材適所〟に人を配せない。

今は、司が〝楽をしている『だけ』〟なのである。

正しい方向性を彼等の前に、提示できれば、為政者の仕事は、ほぼ、終わりである。と言う事。

故に、為政者の逃げ道や、言い訳の材料となる、彼等の考え方や行動の記録である、公の文書や言行録、日記は、その治世終了後も内裏の文書庫に、政を司る事を志した誰もが、気軽に、閲覧できる様に『残す』体制を維持する事を強く勧めた。

さすれば、自身の任命責任（推挙した若者が犯した失敗）も自身で咀嚼でき、耐えられる様にもなる。

そして、若者には、失敗の経験（値）を積み重ねさせる、そして振り返り見直せる環境を整える事こそが、司や上に立つ者には〝重要〟。その為にも、記録の保持が重要である。と説いた。

今や、海外から日本人のメンタリティーと誤解されている、切腹や、戦前の価値観では美徳とされた『死を持って失敗の責を償い』それを命じた権威。その考えや行為、その存在の愚かさを彼は、この時代に既に喝破し、故に、参集してきた若者に説きたかったのだろう。『人は、生きていれば、遣り直せる』その大切さを息子の死と、孫の誕生から学んだ。と常々話し、司とは、環境を下々に、与えられる立場で在る。と諭した。

この様な、体制を確固たる物にする事に依って、為政者は、その言や判断に、死ぬる迄、下手をすれば、死後も、責を負わねばならず、政局と呼ばれる権力闘争や、自らの娘を天子（帝）に嫁がせ、外戚と呼ばれる立場になり、権勢を個人的に振るう、姑息な〝愚かさ〟は、客観的に（愚行として）排除できる。又、次世代が同じ過ちを繰り返す事も減るであろう。と説いた。

此の考え方が、今、平安時代と呼ばれる時間を窺い知る為の重要な資料、藤原実資による『小右記』と言う日記として、一部、残り、『この世をば　我が世をば　我が世とぞ思ふ　望月の　欠けたる　ことも　なしと思へば』と云う、有名（愚かな）な道長の姿を批判する歌を残す様な、人格が出来上がる切っ掛けともなった。

残念な事に、藤原実資による『小右記』以外の高明に薫陶を受けた、又は、その言葉を直接、聞き、学んだ、時の為政者を批判する、耳の痛い記録が現代迄ほぼ残って居ない事は、それだけ〝現（うつつ）〟の為政者に執って、高明の教えが厳しく、得心は行ったとしても、実践するには、余りにも、現世の我欲や権力の行使が、『甘美だった』からに違いは、無かった。

勿論、言い訳としては、都での騒乱や、内裏や、その記録を保管していた文書庫の火災。そして当時は、書き写し（写本）をしなければ、文章が、後世に残る事は、無かった。と言う実態もあったのであろう。

しかし、それだけ、克己心を維持し続ける事は、現世の欲得に比べ、異常な、忍耐力が、必要な事も事実であった。

故に、それをして『世間知らず』等と云う言い訳も、後に生まれた。

帰京後、十年と言う年月が過ぎた、彼等が参集する様になって、数か年が経ち、高明を大宰府へ流した、円融天皇が、院となった年の暮れ、高明は、妻子に看取られる事も無く、天元五年（九八二年）の暮、雪が降る中、静かに都の北、葛野の庵で息を引き取った。

享年数えで六十九歳であった。トヨと三太夫は、彼の訃報を翌年早々、息子、源致公の文で聞き及んでいた。

彼等は、数年前に大宰府に見切りをつけ、故郷の備前に戻って居て、此処が元々高明の所領でもあった事もあり、故藤原実頼や、我が子、致公や他の源氏一門の口添えもあって、藤原北家から独立した村主の受領《ずりょう》として、平重盛の登場迄、村主一族が治める事となった。

時の権力者に輿入れしていた娘達、そして三男俊賢（としたか）は、藤原家の荘園の一部を甥（源致公）の母方に渡領として分割する件には、全く関わらなかった。

ただ、その後見元の一人である、右大臣源雅信の力添えが大きかった様だが、トヨに執っては、その様な些末な忖度や、都の事情等は、どうでも良かった。

彼女は、義父である『源高明』の魂を慰める『祠』を彼等の足元に『鎮守』したかった、だけであった。

彼の死後、三十七年経って、彼の薫陶の下、鍛えられた若者は、立派な、今ならば壮年の、当時は、老獪な経験値の高い部隊指揮官に成っていた。

大蔵種材及び隆家の下向に伴い着いて来た郎党（武士に近い下級貴族）、在地豪族を主体とする大宰府軍は、やはり高明の薫陶を受けて総大将となった藤原隆家の指揮の下、九州各域に侵略を試みた夷狄を悉く、当分は、再侵入を試みる事が〝割には合わない〟と言う判断をせざるを得ない程、駆逐する事に成功したのだった。

〈著者紹介〉

河﨑 浩（かわさき ひろし）

1959年生まれ。

早大卒。

東京都出身（但し生まれは仙台＝東北大学）。ルーツは山口県（周防＝吉川家）と福井県（越前松平家）の家臣＝合いの子。

明治維新が無ければ、その存在は無かったか？しかも越前系は、切腹した祖先が居た！らしい（驚）。

克己《こっき》

2025年1月23日　第1刷発行

著　者　　河﨑 浩
発行人　　久保田貴幸

発行元　　株式会社 幻冬舎メディアコンサルティング
〒151-0051　東京都渋谷区千駄ヶ谷4-9-7
電話　03-5411-6440（編集）

発売元　　株式会社 幻冬舎
〒151-0051　東京都渋谷区千駄ヶ谷4-9-7
電話　03-5411-6222（営業）

印刷・製本　中央精版印刷株式会社
装　丁　　弓田和則

検印廃止

Printed in Japan
ISBN 978-4-344-69176-6 C0093
幻冬舎メディアコンサルティングＨＰ
https://www.gentosha-mc.com/